UN MINUSCULE INVENTAIRE

DU MÊME AUTEUR

Accès direct à la plage, Delphine Montalant, Paris, 2002, Pocket, 2004

1979, Delphine Montalant, Paris, 2004, Pocket, 2005

Juke-Box, Robert Laffont, 2004

À Eva, Lola et Véronique – qui n'ont rien à voir avec tout ça

À Jean-Marc et Sophie Lévy, Fabien Hervet, Cécile Pauwels et Hervé Marot, Olivier Faivre, Valérie Labarre

À Vincent Tuleu, Isabelle Kis, Benoît Maffre, Philippe Hamou, Fabrice Landry et Franck Gouet

À Nathalie Mougenot, Marianne Scomazzon, Véronique Duflot

À Xavier Houssin, Alexandre Fillon et Laurent Boudin

À Edith Lemmel et Huguette Chauvy

À Marie-Paule Menu, Marie-Claire Rémy et Monique Rollois

À Nicole Lattès, Catherine Bourgey et Sylvie Bardeau

À Françoise Delivet et Jean-Philippe Guerand – pour les fines dorures

UNE ANNONCE

J'ai vu l'annonce dans le journal local.

Je ne sais pas ce qui me prend mais, depuis quelque temps, je suis devenu un lecteur assidu du journal local. Je le lis de la première à la dernière page. Je m'informe des soirées passionnantes organisées pour les clubs du troisième âge, je m'ébahis devant la taille des brochets pêchés dans les rivières avoisinantes, je fonds devant les petits de maternelle qui dansent maladroitement à la fête de fin d'année de l'école, je larmoie devant la rubrique nécrologique – avec néanmoins, tout au fond de moi, cette joie malsaine d'être encore en vie.

Pourtant, il n'y a vraiment pas de quoi.

J'ai quarante-deux ans dans quelques semaines, deux enfants de huit et douze ans qui soupirent dès que je leur adresse la parole et qui viennent de quitter la maison en compagnie de leur mère pour aller rejoindre la demeure un peu plus confortable et certainement plus chaleureuse d'un dentiste dont ils sont tous tombés amoureux en même temps.

Lorsque j'ai appris la nouvelle, il y a un peu plus de trois mois, je ne me suis même pas rebellé. J'ai pensé d'abord que ce n'était que justice parce que je n'étais ni le meilleur des maris ni le meilleur des pères et que, plus le temps passait, moins j'étais bon. Ensuite, il faut bien l'avouer, j'ai été envahi par une vague de nostalgie mais elle se doublait de ce sentiment curieux et doux – un léger soulagement. Exactement comme lorsqu'une dent qui vous fait souffrir de temps à autre est soignée et plombée sans que la séance de roulette ne vous arrache un cri ni même une grimace.

Mais ce n'est sans doute pas la meilleure comparaison en ce moment.

Depuis, les sentiments ont du mal à se frayer un chemin – ils sont chassés par les papiers à remplir et les questions à régler. Les problèmes ne sont pas affectifs – ils sont économiques et financiers.

Nous nous sommes mis d'accord, Anne et moi, pour vendre la maison des années 30 que nous avions acquise à crédit il y a cinq ans, nous nous sommes réparti les enfants à raison d'un week-end tous les quinze jours et de la moitié des vacances scolaires pour moi – mais je doute fort que Léo et Mathilde acceptent longtemps cet arrangement. Ils vont vite essayer d'éviter la fin de semaine paternelle, il y aura des copains de classe chez lesquels dormir et des fêtes auxquelles se rendre – d'autant que je n'ai aucune envie d'investir dans les chaînes satellites ni dans des consoles. Le son des jeux vidéo suffirait à me déclencher une pulpite.

Nous avons partagé les affaires sans heurts – dans un climat tellement serein qu'à la fin, les larmes sont montées aux yeux de ma femme. Elle a murmuré « mais on dirait vraiment que cela ne te fait rien – rien du tout ». Je n'ai rien trouvé à répondre. Je suis sec. Sec des glandes lacrymales et sec de mots. Lorsqu'elle a tourné au coin de la rue, je me suis dit que la seule chose dont j'étais certain désormais, c'est que personne ne partagerait plus jamais mon intimité. Par intimité, je n'entends pas fusion corporelle – encore faudrait-il que je fusse au goût d'un autre être humain, ce qui est loin d'être gagné – mais partage quotidien, deux brosses à dents dans le même verre, deux serviettes sur le porte-serviettes, deux tasses à laver dans l'évier. L'idée me répugne.

Mon ami Fabrice m'assure que cela n'aura qu'un temps et que la solitude prolongée me fera changer d'avis. J'acquiesce pour lui faire plaisir et parce que je ne suis pas contrariant, mais je n'en pense pas moins. Je lui réponds en silence qu'il a dix ans de moins que moi et que son champ d'expérience est encore limité – il n'est pas marié, il n'a pas d'enfants.

Et moi, je suis fatigué.

Fatigué d'avoir tenté de construire, plâtre et ciment, une vie dont les fondations se sont avérées branlantes, d'avoir lutté pour monter des murs de brique et de sueur qui ne m'ont protégé de rien, d'avoir engendré des corps qui grommellent dès qu'ils m'aperçoivent. Ce que je veux maintenant, c'est continuer ma vie sans me poser de questions, me rendre tous les jours au lycée dans lequel je travaille depuis cinq ans, enseigner l'anglais à des élèves dont le visage est interchangeable, aller boire un verre en terrasse à sept heures du soir, rentrer prendre un bain parce que je déteste la douche et lire le journal local ou une encyclopédie de la vie pratique jusqu'à épuisement des forces. Et recommencer.

Fabrice fait tout ce qui est possible pour m'obliger à bouger les membres – il m'invite au restaurant, à boire de l'alcool dans les bars pour trentenaires, dans des soirées dansantes – il voudrait que je retrouve la niaque, le peps, enfin tous ces mots qui appartiennent à son vocabulaire et qui n'ont jamais fait partie du mien. J'accepte de le suivre parce que j'aime bien sa compagnie et que j'apprécie qu'on me secoue même si je ne fais jamais de bulles et qu'au fond, je ne change pas d'un iota.

Je suis un menhir amovible dans les rues de ma ville.

Un menhir lettré qui aime les actualités régionales.

C'est donc en parcourant le quotidien local que, la semaine dernière, je suis tombé sur l'annonce du vide-greniers de la rue de la Cité. Dernières inscriptions. Encore quelques places. Un grand moment de partage et de vie. Venez nombreux et faisons du quartier de la cathédrale un décor de fête.

J'aime beaucoup le quartier de la cathédrale – j'y suis né.

Mes parents habitaient un trois-pièces au coin de la rue Vasseur, celle qui donne sur le parvis, et mes premières années ont été bercées par le son des cloches – un coup pour le quart d'heure, deux pour la demi-heure, trois pour les quarante-cinq minutes et ensuite le carillon réjoui pour l'heure pleine, de un à douze éclats de bronze – un cauchemar pour les habitants qui a cessé peu après que mes parents eurent déménagé et pris leurs marques dans un immeuble de l'agglomération proche – un premier déménagement avant celui, final, qui a suivi mon départ de la maison et leur arrivée dans un modeste pavillon de la même commune.

Les cloches ont rythmé mon enfance et je ne m'en suis jamais vraiment remis. Je vis en permanence avec une horloge intérieure et je m'amuse parfois, au lycée, à tenter de deviner à la minute près les chiffres que vont indiquer les aiguilles si je jette un coup d'œil à ma montre. Je ne me suis encore jamais trompé. Je suis un menhir à cristaux liquides – un quartz pur.

Je suis né à deux pas de la cathédrale – dans une poissonnerie – un vendredi.

Ma mère avait ressenti quelques douleurs dans le bas-ventre mais elle avait décidé que ce n'était pas le terme. Ma mère adore faire des prédictions et des projections sur l'avenir ; elle croit ainsi qu'elle maîtrise son destin. Malheureusement, elle se trompe systématiquement. Ce matin-là comme les autres. Elle était en train d'acheter des truites quand les douleurs sont devenues si violentes qu'elle s'est trouvée incapable de faire autre chose que gémir et tomber – les cheveux dans l'humidité résiduelle des bars et des sandres. L'ambulance fut appelée mais l'hôpital était loin et les contractions rapprochées. Un médecin voisin fut dépêché d'urgence – il n'avait que de très vagues notions d'obstétrique. On éloigna les badauds et on ferma le rideau de fer. Le père, arrivé sur le tard, resta coincé au-dehors. La marchande de poisson en sage-femme de fortune, le faux gynécologue en grand manitou du pousser-bloquer – les premières images que j'ai dû enregistrer dans un noir et blanc très flou.

Et puis juste après, le flash. La photographe du journal local, Mme Alaniècе, venue immortaliser l'instant. La une du quotidien, dès la première heure. Et pour la dernière fois. Un gros titre :

« Une naissance aquatique ». Ma mère a déchiré l'article. Elle n'a pas voulu non plus faire de l'obstétricien de circonstance son médecin de famille. Elle a également cessé de manger du poisson – j'ai été élevé à la viande. Je ne suis allé voir l'océan que très tard. Les rares fois où nous sommes partis en vacances, ma mère a choisi la montagne – ou la campagne.

Le quartier de la cathédrale.

Je suis resté quelques minutes les yeux fermés dans la cuisine, devant le journal ouvert, à tenter de retrouver les luminosités, les sons, les odeurs des rues. J'y suis parvenu suffisamment pour me donner envie d'y retourner. J'ai décidé de participer au vide-greniers. Soudain, vider mes greniers m'est devenu une nécessité. Je me suis dit qu'il me fallait de toute façon faire de la place dans les armoires et les placards et libérer de l'espace. La maison vient d'être vendue et je dois déguerpir d'ici deux mois. J'ai trouvé un petit trois-pièces à quelques centaines de mètres du lycée – il me sera bien suffisant pour ma nouvelle vie. Il y a deux chambres, les enfants pourront venir dormir à tour de rôle et même ensemble en se tassant un peu – mais je sais d'avance que ces visites nocturnes seront rares, probablement inexistantes. Au mieux, ils passeront le mercredi en fin d'après-midi, après leurs diverses activités sportives ou musicales, et ils parleront un peu de la semaine. Ils s'inquiéteront de savoir si je l'ai finalement achetée, la Play Station 2. Non. Soupir. Ils balanceront leurs jambes et ils demanderont si je ne peux pas les ramener chez le dentiste. Oui. Embarras.

Plus tard, peut-être.

Au moment des ruptures adolescentes et des révoltes faciles, quand les jugements à l'emporte-pièce et les appels à l'aide tiennent lieu de conversation, ils débarqueront dans la soirée, ils en auront après leur mère qui est une saleté et leur beau-père qui est une ordure, ils ne voudront plus jamais remettre les pieds chez eux, tu te rends compte, ils n'ont même pas voulu m'acheter ces baskets qui sont le must du top de la classe et qui ne coûtent que cent quatre-vingts euros, est-ce que je peux dormir chez toi ? Je téléphonerai à la femme du dentiste, quelques phrases pour temporiser, une nuit là-dessus et tout le monde ira mieux le lendemain.

Je serai un père de substitution.

Une sorte de grand frère un peu raté – un oncle qui traîne sa misère mais qui est toujours à l'écoute et dont on peut abuser. À ce moment-là, ils m'auront manqué et l'agacement aura pris fin. Je pourrai être leur bouée et regarder les situations avec détachement et humour – je saurai même être drôle et je lancerai quelques piques en direction de mon ex-compagne et de son chirurgien plombé.

Je serai léger.

Mais pour être léger, pour être un nuage qui se déplace avec lenteur et grâce, je dois divorcer de mon trop-plein, me séparer des affaires qui traînent dans les recoins ou sur les étagères, de ces objets offerts ou achetés de plein gré qui pourrissent lentement sur des planches oubliées. Tous ces non-souvenirs qui encombrent les mémoires vides. Je dois dépoussiérer la piste pour prendre mon envol.

Le vide-greniers est devenu ma lueur et mon phare – ma boussole.

À huit heures du soir, je me suis mis à remplir les cartons avec ardeur. La tâche a duré jusque tard dans la nuit. J'ai entassé les gadgets glanés au fil des années, les bouteilles de sable coloré achetées sur les bords de mer, un sac noir jamais utilisé, une trousse de toilette encore intacte. Et puis, peu à peu, la frénésie s'est emparée de moi. Il n'y avait plus dans cette maison que mes affaires personnelles, Anne et les enfants avaient déjà déménagé les leurs, alors j'ai voulu que tout disparaisse. Qu'il ne reste plus aucune trace de mon passage sentimental dans cette demeure. Je ne pouvais pas donner les photographies ni les lettres qui m'avaient suivi, mais elles occupaient peu de place. En revanche, les livres qui s'empilaient dans les chambres, les vêtements qu'on hésite à jeter depuis des années, le hamac qui traîne ses couleurs dans mes parages depuis des lustres, des chapeaux achetés avant de se rendre à l'évidence, non, je n'ai pas une tête à chapeaux – tout cela, il fallait le brader.

Tout.

Une lampe de chevet qui avait du style au début des années 80, un cadre rouge en bois peint, une pile de magazines de cinéma, un cendrier en métal doré, un dictionnaire d'espagnol, un service à thé imitation japonais, des assiettes dépareillées, un bob bleu rayé de blanc, un gant de base-ball rapporté des États-Unis et même une paire de boucles d'oreilles, un robot ménager, un stylo plume à fines dorures et une couverture en laine jaune.

Une douzaine de cartons de tailles diverses.

Lorsque le mouvement s'est arrêté, j'étais en sueur, la tête me tournait, mes mains étaient grises et mes jambes cotonneuses. Il était trois heures du matin.

Dans l'air, des particules de poussière restaient indécises, en suspension. Je ne me souvenais même plus des derniers objets que j'avais rangés – à un moment donné, j'avais perdu le contrôle, cette envie d'en découdre et de couper tous les ponts.

J'ai jeté un coup d'œil aux cartons empilés devant la montée d'escalier – mon minuscule inventaire.

Je me suis allumé une cigarette.

Depuis que les enfants ont quitté la maison, je me suis remis à fumer – cela s'est fait très rapidement et sans aucune hésitation. Je ne vois pas pourquoi je ferais des efforts pour ma santé.

Le lendemain, après le travail, je me suis rendu à l'adresse indiquée par l'annonce. 12, rue du Révérend-Père-Lafrat. Le siège des inscriptions. C'est un magasin d'antiquités. Le propriétaire des lieux se nomme monsieur Leduc et il préside l'association qui s'occupe du vide-greniers. Il restait encore une trentaine d'emplacements libres sur les trois cents proposés. J'ai choisi le numéro 111, pour la symbolique – une série de 1, des départs singuliers, des accès directs à l'égoïsme, une peau neuve.

Monsieur Leduc m'a conseillé de venir tôt – c'est souvent très tôt le matin et très tard dans l'après-midi que les objets sont achetés, le matin par les antiquaires et les collectionneurs, le soir parce que les vendeurs cassent les prix. Il m'a demandé si j'avais l'habitude de ce genre de festivités.

– Non, c'est ma première fois. – Intéressant. Vous avez beaucoup à vendre ? – Je ne sais pas exactement, ça dépend ce qu'on appelle beaucoup. – Vous pensez que cela tient sur combien de tables à tréteaux ? – Trois ou quatre, sans doute. – C'est déjà appréciable. Il faudra bien vous organiser pour installer le tout. Vous serez seul ? – Probablement. – Personne pour vous relayer ? – Un ami, peut-être. – C'est long, un dimanche, vous savez. – À qui le dites-vous ! – Bon, de toute façon, je serai l'un des premiers à visiter votre stand. Qui sait de quels trésors vous êtes en possession sans vous en rendre compte ! – Vous allez être déçu. – C'est mon métier. – D'être déçu ? – De feindre la déception et d'exploser de joie une fois de retour au magasin. Les antiquaires, vous savez, tous des hypocrites. J'allais fermer la boutique. Vous voulez prendre un verre ?

Nous sommes attablés tous les deux à la terrasse du Rodéo. Nous avons commandé des bières et monsieur Leduc presse avec application la tranche de citron qu'il a demandée – le jus se dilue dans l'alcool. Il m'a annoncé avec fierté ses soixante-huit printemps et son refus de toute retraite – je suis comme les objets, vous voyez, je ne me retire pas, je change de destination, je renais régulièrement de mes cendres. Quand il a su que j'avais quarante-deux ans, il a simplement ajouté qu'il pourrait être mon père.

Je pense à mes parents.

Il faudra que je passe les voir demain ou après-demain. Je ne parlerai pas du vide-greniers pour éviter les soupirs et les regards sous-entendus, la lourdeur des reproches. Chez mes parents, on ne vide pas, on accumule – jusqu'à ce que l'air manque. Je ne parle jamais de rien avec eux, de toute façon.

Ils vivent maintenant dans un petit pavillon de quatre pièces qu'ils ont acheté à crédit sur vingt ans et dont les traites viennent de prendre fin. Ils ont investi une fois leur fils unique parti sur son propre chemin. Ils ne se sont décidés que récemment à changer le papier peint et la décoration de ce qui n'a que rarement été ma chambre.

Ils avaient rêvé d'une maison plus grande – avant la poissonnerie et la naissance aquatique. Ils imaginaient des pièces emplies de jouets et les bambins qui courent dans tous les sens. Il a fallu déchanter. Les examens postnatals ont révélé des failles. Elle ne pourrait plus avoir d'enfant. Je suis persuadé qu'aujourd'hui les progrès de la médecine auraient permis l'arrivée de frères et de sœurs, mais au mitan des années 60, les couperets hospitaliers tombaient et tranchaient net les familles en devenir. Je suis resté unique.

Tout est resté petit, chez mes parents.

Dernièrement, ils ont acheté une nouvelle voiture. Ils n'ont pas de gros moyens mais ils dépensent tellement peu qu'ils avaient une coquette somme à leur disposition – ils payaient cash. Ils ont opté pour le plus petit modèle et ils ont souri devant l'air dépité du commercial qui pensait les avoir mis dans sa poche.

Désormais, ils se promènent dans leur minuscule 106 Kid trois portes avec des sièges en jean et aucune option – pas d'autoradio, pas de fermeture automatique des portières et surtout pas de climatisation. Quand il fait chaud, on ne prend pas la voiture, un point c'est tout.

On ne met pas mes parents dans sa poche. Même moi, j'ai du mal.

J'ai essayé de les apitoyer sur mon sort mais ils m'ont tous les deux regardé avec des yeux de chat piqué au vif et quand j'ai eu fini ma tirade, ma mère s'est contentée de répliquer que je l'avais sans doute cherché, ce divorce. Mon père lui a mis la main sur le bras et a ajouté « de toute façon, de nos jours, tout le monde divorce, non ? Tu as la garde alternée ? ».

Mes parents ont plus d'un tour dans leur sac.

Je ne savais même pas qu'ils connaissaient des expressions comme « garde alternée ». C'est ce jour-là aussi que j'ai appris que non seulement ils avaient un ordinateur portable – le premier prix – mais également une liaison Internet et l'ADSL. Et évidemment, une adresse mail. J'ai bredouillé qu'ils auraient au moins pu me la donner mais mon père m'a fait remarquer que je n'en aurais eu aucune utilité puisque j'habitais à moins de deux kilomètres – la messagerie, c'est bien pour ceux qui sont loin. J'ai voulu savoir avec qui ils pouvaient échanger des courriers électroniques, mon père a haussé les épaules sans répondre.

À bien y réfléchir, c'est une réaction que j'ai régulièrement déclenchée chez les autres ces derniers temps, le haussement d'épaules. Ma femme terminait souvent nos conversations de cette manière et les enfants lui emboîtaient facilement l'omoplate, comme si, avec moi, ce n'était pas la peine de rentrer dans les détails, tu prends ce que je te dis et tu mets un mouchoir dessus.

Le pire, c'est que je le faisais.

En allant vendre les affaires de ma vie en pleine rue dimanche, je fais table rase des épaules qui se haussent et de la moue qui les accompagne. À partir de lundi, je veux bien provoquer de la surprise, de la colère, des sourcils qui s'offusquent en accent circonflexe, mais je refuse cette légère indifférence teintée de lassitude. Je suis un menhir, soit, mais je serai indigne. Graffité, j'exposerai mes entrailles. Un morceau de préhistoire qui s'exhibe sur une table à tréteaux et se donne au plus offrant.

Fabrice a téléphoné tout à l'heure – il passera à la maison à six heures trente dimanche matin, nous prendrons un café ensemble dans le jour qui se lève, comme avant de faire une longue route ou de partir en randonnée. Nous ne parlerons pas.

Ce jour-là, je balancerai tout – le bébé avec l'eau du bain, mémère dans les orties, le beurre et l'argent du beurre. Je suis convaincu que cela ne me fera rien.

Sauf de la place.

UN STAND

Dimanche – sept heures et demie.

Je suis assis sur ce vieux siège de camping que j'ai sorti de la remise et je trône devant mes trois tables à tréteaux recouvertes d'objets hétéroclites. Je n'ai pas eu la place de tout mettre. Il reste des quarante-cinq tours dans un bac en bois derrière le siège de camping et le robot ménager dans son carton d'origine. Fabrice a décrété qu'il allait s'incruster – son dimanche matin doit manquer de compagnie. La rencontre de la veille a probablement été décevante et la perspective de la journée solitaire est trop difficile.

Je n'aurais jamais cru que, si tôt, il pourrait y avoir tant de monde. Des dizaines de voitures dans les rues adjacentes, des camionnettes parfois, qui déversent dans la rue de la Cité des centaines de meubles et de bibelots. Les habitués ont déjà longuement réfléchi à la disposition – les emplacements deviennent des vitrines de magasin, des morceaux de fiches bristol sont scotchés sur les ventes potentielles et précisent le prix. Les professionnels, brocanteurs, bouquinistes et antiquaires, sont à l'affût de la moindre nouveauté. Monsieur Leduc et sa cohorte diurne. Il est venu me saluer tout à l'heure et il a fureté sur le stand, il a retourné une assiette, vérifié la facture d'une théière – il n'a rien pris et rien proposé. Il a évité mon regard en s'éloignant vers le numéro 109.

Je n'ai rien qui puisse intéresser un antiquaire – à part le stylo plume, peut-être, mais lui, je ne le vendrai pas.

Le numéro 111 est situé juste à l'arrière de la nouvelle antenne universitaire. Dans mon dos, une grille verte et dorée, une cour en gravier et une partie des bâtiments dans lesquels les étudiants de la ville viennent glaner des connaissances en anglais ou en droit. Je n'arrive pas à me faire à l'idée que l'Hospice Deus soit devenu une faculté. Pour moi, il reste le mouroir qu'il était encore il y a quelques années.

J'y suis venu un jour – j'avais huit ans.

Je rendais visite à ma grand-tante qui avait perdu la tête et pour laquelle personne ne voulait dépenser le moindre kopeck. Je me souviens de ses cheveux bleutés et de son visage tout ratatiné, une carte routière complexe au milieu de laquelle des yeux absents cherchaient désespérément leur itinéraire. J'y étais allé avec ma mère – je sens encore la poigne de sa main sur mon avant-bras – « aujourd'hui, nous allons voir Marthe », et pas intérêt de tergiverser.

Lorsqu'elle nous avait vus, Marthe s'était levée de sa chaise et précipitée dans nos bras. Elle poussait de petits cris en se lovant contre nous – son corps sentait l'eau de Cologne bon marché. Ma mère était parvenue à la détacher et elle tentait d'entamer une conversation mais l'aïeule ne répondait pas. Elle s'était amourachée de moi. Elle ne me quittait pas des yeux. Elle remuait les lèvres en me regardant. Et puis, brusquement, elle s'était à nouveau jetée sur moi – à présent, elle me léchait – sa langue râpeuse sur mon cou, sur les commissures de mes lèvres. Elle m'appelait Baptiste. « Oh, mon Baptiste, tu es là. » J'entends encore sa voix qui grimpait vers les aigus. « Tu es venu me chercher, hein, Baptiste, oh, reste là, reste là. »

Ma mère a appelé les infirmières – impossible de faire lâcher prise à la vieille. Les cris de Marthe tandis qu'on l'écarte de moi. Ses hurlements qui résonnent dans les couloirs de l'Hospice Deus. « Baptiste. Baptiste. Reviens, Baptiste. »

Je ne m'appelle pas Baptiste.

Je m'appelle Antoine – je n'ai pas de deuxième ni de troisième prénom.

Une heure après le mouroir, nous sommes assis, ma mère et moi, dans un salon de thé. C'est la première fois que nous entrons dans un endroit semblable. Il règne un silence feutré – mais j'entends toujours les cris de la grand-tante. J'ai commandé une poire Belle-Hélène. Je suis déçu parce que le chocolat ne coule pas en nappe épaisse comme dans la publicité qui passe en ce moment à la télévision. Je demande à ma mère qui c'est, Baptiste – elle a un geste agacé un peu trop brusque, la petite cuillère tombe sur le parquet. Une serveuse se précipite pour la ramasser et en proposer une nouvelle. Ma mère sourit nerveusement. Elle est contente de la diversion. Elle fait semblant de ne pas se souvenir de ma question. Elle ne s'en tirera pas comme ça. J'insiste. Elle souffle un grand coup et elle lâche « mais qu'est-ce que j'en sais, moi, probablement un amoureux, quelqu'un qu'elle a rencontré quand elle était jeune et qui est mort à la guerre ou quelque chose comme ça, allez, oublie, mange ta glace ».

Beaucoup plus tard – tout le monde a oublié l'épisode de l'Hospice Deus. Mes parents reçoivent des collègues de travail, Hélène et Louis. Hélène raconte comment madame Untel, de l'atelier, a perdu sa fille dans un accident de voiture. Elle ajoute qu'il n'y a rien de pire que de perdre ses descendants. La tablée acquiesce. Ma mère a bu quelques verres de rosé et elle est, comme elle le dit elle-même, un peu pompette. Elle est en veine de confidences. Elle hoche la tête avec énergie. Elle raconte l'histoire de Baptiste, le fils de la grand-tante, qui s'est suicidé un matin de mai, Marthe ne s'en est jamais vraiment remise. Hélène compatit – elle veut connaître les raisons de la pendaison. La mère fait une moue et répond « chagrin d'amour, enfin plus compliqué que ça, vous voyez, il était comme qui dirait de la jaquette ». Mines pensives autour de la table. Le père se lève et demande qui reprendra de la tarte aux mirabelles. Tout le monde en veut.

Les bras de la vieille autour de mon cou – sa langue sur ma joue – et cette perte d'identité soudain. Pendant de nombreux mois, par la suite, je regarderai la gourmette en argent reçue pour ma communion solennelle. Mon prénom est gravé sur l'endroit. Antoine. Et, sur l'envers, ma date de naissance. Le 12-10-1963. Huit chiffres. Un loto d'humanité.

Je ne sais pas ce qu'elle est devenue, cette gourmette.

Il y a tant de choses qu'on perd au fil des années et dont on est pourtant certain, au moment où on les reçoit, qu'elles nous accompagneront jusqu'à la mort. La dernière fois que je visualise la gourmette, elle est de retour dans son écrin d'origine. J'ai été obligé de la retirer parce que l'un des maillons s'est usé et ne tient plus que par un fil d'argent. Elle est sur mon bureau – un solide bureau de directrice d'école racheté au rabais par mes parents, avec une barre métallique verte qui empêche les pieds de se caler confortablement pour rappeler à qui aurait tendance à l'oublier que, devant ce meuble, on travaille.

L'écrin bleu est calé entre le mur et le pan de l'armoire. Il a été déplacé. Les tâches quotidiennes, en s'accumulant, l'ont peu à peu poussé vers le coin du bureau, à l'arrière-plan. Les dictionnaires de langue, les tables de trigonométrie et les devoirs de français ont eu raison de sa préséance.

Et puis soudain, la disparition.

Sans faire de bruit, l'écrin a dû tomber sous l'armoire. Ma mère, en faisant le ménage, aura retrouvé la boîte bleu nuit ouverte et la gourmette, ternie, avachie sur le sol. Elle aura hésité. Elle aura voulu la jeter mais n'aura pas osé. C'est de l'argent massif tout de même – et puis c'est un cadeau de communion. Elle l'aura glissée dans sa propre boîte à bijoux. Mais elle est agaçante cette gourmette, avec son maillon usé qui n'arrête pas de s'accrocher aux colliers et aux bracelets, comme un condamné à mort qui refuserait l'échafaud et clamerait son innocence. Un soir, excédée, ma mère l'aura jetée dans la petite poubelle en plastique de la salle de bains. En pleine nuit, des remords – elle se dit qu'elle ira lui sauver la vie le lendemain matin. Mais le lendemain, bousculade, le réveil n'a pas sonné, vent de panique dans la maisonnée – elle oublie. Dans la soirée, elle fait le ménage et vide les ordures.

La gourmette ne lui revient jamais à l'esprit.

Le camion des éboueurs la broie, mes lettres et mes chiffres pulvérisés par les mâchoires en fer.

C'est ce qui attend la plupart des objets que je vends ici.

Cette écharpe que j'ai trouvée magnifique lorsque je l'ai achetée aux Nouvelles Galeries – le bleu et le mauve si mal mariés – le tissu trop rêche et peu agréable sur la peau. Je passais des journées entières le cou engoncé dans ses replis, j'épiais le monde et je cachais mes sentiments – j'avais dix-sept ans.

L'écharpe faisait partie de la panoplie – un pull ample en laine, des bottes montantes en daim, des foulards qui enserraient le cou comme des boas constrictors. Et puis la cerise sur le gâteau, le nec plus ultra – la boucle d'oreille, unique, provocante, achetée dans un magasin spécialisé dans les bijoux et les papiers orientaux. Sur la vitrine, un mot ajouté à la hâte sur un carton, « ici, on perce les oreilles ».

L'hésitation.

L'image du visage déconfit – blanc puis d'un rouge sanglant – des parents quand ils découvriront le soir l'objet du délit et l'étendue des dégâts. Les hurlements, mon fils est une fille, la honte qui entache la famille, enlève-moi ça tout de suite, jamais tu ne sortiras dans cet état, de toute façon, à partir de maintenant, c'est interdiction de sortir un point c'est tout, je te l'avais dit que le gamin tourne mal, déjà qu'on n'en a qu'un, on ne va pas nous le gâcher et en faire un pédé comme le Baptiste.

La peur de la remontrance et de la punition – mais en même temps, l'excitation. La recherche des coups de gueule et des grands chevaux. L'envie des « toujours » et des « jamais » qui ponctuent des exclamatives et des interrogatives lancées comme des bombes sur le foyer assoupi. Et l'admiration dans le regard de mes pairs – il a tenu tête à ses vieux, il l'a fait. Cette affirmation, je suis là, aimez-moi ou détestez-moi, mais maintenant, vous ne pouvez plus me nier.

La douleur de la pince qui perce les oreilles – mais la fierté de n'avoir même pas lâché un cri –, le début du masochisme. Je suis un roc, quelque puissants que soient vos embruns, je résisterai.

Et à la fin – cette déception.

La chamade au moment de rentrer à l'appartement – et au moment de la révélation et de la révolte, juste une phrase assassine lancée par la mère, sur le ton le plus neutre possible, « enlève-moi cette saleté, ça va s'infecter et après tu auras l'air fin ».

Un outrage.

Pour couronner le tout – le destin qui penche du côté des parents. L'infection. Le lobe, gonflé à bloc, comme au bord de l'orgasme, rouge comme une pivoine. Un début de fièvre. J'enlève la première boucle – un point métallique doré. Je ne renoncerai pourtant pas – et les parents s'habitueront. Au fil des mois, la taille ira diminuant, un anneau, une étoile, un faux diamant et puis plus rien – le trou se rebouchera.

J'entends le bruit métallique.

Quelqu'un vient de toucher la paire de boucles que j'ai à vendre. C'est une jeune fille au visage fatigué. Elle porte les nouveaux sigles de la rébellion : les cheveux teints en rouge et un piercing dans le nez. Elle pose les pendentifs dans sa main gauche, elle les caresse discrètement.

Je me souviens de celles-là, bien sûr.

Un centimètre de chaîne et, au bout, le pendentif – un petit cercle en métal argenté sur lequel sont peints l'ombre d'un aigle et le profil d'une montagne, dans des couleurs ocre et violacées.

Elles sont comme neuves – l'une et l'autre. Elles n'ont presque jamais servi. Pourtant, je sens encore le poids de l'une d'elles sur le lobe de l'oreille gauche. Si je ferme les yeux, j'entends le bruit du train qui nous ramène vers notre ville. Nous avons passé la journée à Paris. L'odeur d'acier chaud si particulière au sas des wagons de chemin de fer. Le monde est ouvert. Je suis un aigle qui plane au-dessus des Rocheuses.

OBJETS PERDUS

Une paire de boucles d'oreilles en métal argenté

Nous sommes dans le sas, à l'arrière de la voiture 7. Il est dix-huit heures trente en cette fin juin du début des années 80. J'ai dix-sept ans. Depuis quelque temps, les wagons se sont faits Corail. Nous avons traversé toutes les voitures, mais il ne reste plus de places assises pour quatre et nous ne voulons pas être séparés. Alors, nous nous sommes posés à même le sol, près des toilettes. Nous encombrons le passage et les voyageurs nous jettent des regards furieux – il y a des règles ferroviaires et nous les transgressons. Nous nous attendons à ce qu'un contrôleur nous fasse des réflexions et nous intime l'ordre d'aller rejoindre des places éparses. En attendant, nous sommes serrés les uns contre les autres, nous faisons bloc. La tête contre le plastique de la porte, je fais semblant de dormir. Je pense à mes trajets en train.

Les premiers dont je me souvienne – je partais avec ma mère pendant les vacances chez mes grands-parents, dans le Sud-Ouest. Mon père nous rejoignait un peu plus tard, en voiture, avec les bagages. Il avait essayé à plusieurs reprises de convaincre ma mère de l'inutilité et du coût de ces doubles déplacements mais elle avait tenu bon. Elle avait une peur bleue des voyages automobiles, elle ne voulait pas des routes nationales la nuit, ni de ces tournants entre Périgueux et Bergerac qui donnent envie de vomir. Et puis il y avait ce qu'elle ne disait pas mais que je pouvais lire dans ses yeux. Un espace de liberté ferroviaire. Une respiration. Mon père avait fini par lâcher prise – et même par prendre un certain plaisir à rouler seul, de nuit, sans autre bruit que celui du moteur. La seule chose qui le mettait encore en colère, c'était les préparatifs. Ma mère s'apprêtait pour aller prendre le train comme si la gare avait été une salle de bal et les contrôleurs des cavaliers potentiels. Une touche de rouge, un brin de fond de teint, une goutte de parfum. L'irruption de la largesse et du stupre dans une vie étriquée.

La place était réservée depuis longtemps dans le compartiment de seconde. Nous nous installions près de la fenêtre – à cause de la tablette que l'on tire et qui permet au petit de lire les illustrés, disait-elle. Parce que ce jour-là, j'avais le droit d'acheter jusqu'à trois magazines, et même des bonbons au citron puisque la menthe me faisait éternuer. Elle, elle s'abandonnait. Elle faisait mine pendant quelques minutes de contempler le paysage et puis ses yeux se mettaient à dériver – je l'appelais plusieurs fois avant qu'elle me réponde.

Je regardais les photos en noir et blanc qui ornaient les parois des compartiments. La baie du Mont-Saint-Michel, les forêts landaises, la crique de Collioure, le cirque de Gavarnie. Je me demandais si, plus tard, je rentrerais dans le cadre – si cette silhouette près de la cathédrale de Chartres, ce serait moi.

Les respirations ferrées ont cessé au décès de mon grand-père, suivi de peu par celui de ma grand-mère. La ferme qu'ils habitaient a été vendue peu après, mes parents ont acheté un nouveau « living », puisqu'il ne fallait plus parler de « salon », pour une pièce où pourtant on vivait si peu. Des fauteuils inconfortables aux motifs feuilles mortes et une armoire vitrée en merisier ont remplacé les lampes orange et blanche et le canapé bleu aux pieds en aluminium. Nous avons changé d'époque et je suis entré au collège.

Depuis, j'ai rarement pris le train. Je ne suis jamais retourné à Paris. Pourtant, je me souviens encore par cœur de la ligne de métro. Gare de l'Est, Jacques-Bonsergent, République, Oberkampf, Richard-Lenoir, Bréguet-Sabin, Bastille, Quai de la Rapée, Gare d'Austerlitz. Quai de la Rapée, surtout. Le métro débouche soudain à l'air libre et monte sur la Seine. Je me suis juré qu'un jour, je vivrais quai de la Rapée.

Mais aujourd'hui, nous n'avons pas emprunté ce chemin-là.

Aujourd'hui, nous sommes allés où les gens vivent et sortent, où les murs bougent et où la musique résonne. Forum des Halles, centre Pompidou, boulevard Saint-Michel. Nous avons marché tous les quatre main dans la main, nous avons cherché des affiches de cinéma, des chemises trop larges, des colifichets. Nous avons mangé dans la rue Hautefeuille. Nous nous sommes imaginé des avenirs dans les rues que nous traversions. Nous allions tous habiter la capitale, dans un an, une fois le bac passé – les lieux nous deviendront familiers, nous ne nous quitterons jamais, nous vieillirons ensemble. Nous ancrons le présent dans une mythologie que nous nous forgeons au fur et à mesure.

Nous.

Gilles, Marianne, Lucille et moi.

Nous marchons côte à côte depuis quelques mois déjà. Nous sommes dans la même classe, une première littéraire que le lycée méprise mais dans laquelle je me sens bien – sauf peut-être justement en littérature. Les cours de français sont peuplés de romans qui parlent de la condition atroce des hommes au XIXe siècle ou de promeneurs solitaires qui pleurent sur leur sort – c'est très loin de moi – je ne parviens pas à me reconnaître. Parfois, au détour d'un poème ou d'une phrase, je ressens un léger trouble – je me souviens du *ciel par-dessus le toit, si bleu, si calme, un arbre par-dessus le toit berce sa plame* – mais la plupart des poésies que nous étudions débordent de « ô » et d'exclamatives.

Je déteste les « ô » et les exclamatives.

La dernière fois que j'ai utilisé des exclamatives, c'était pour une rédaction texte libre en cinquième (« mais comme le temps passe vite ! il est déjà l'heure de rentrer ! comme nous nous sommes bien amusés ! ») et le prof les a soulignées avec trois traits rouges. Je n'ai jamais entendu personne utiliser le « ô ».

Je cherche des romans qui parleraient de moi – de nous, mais dans les librairies, je ne vois que des récits de quadragénaires qui s'épanchent sur leur divorce et sur leurs maîtresses.

Parfois, je prends le stylo plume noir à fines dorures que m'a donné mon grand-père un jour, et je commence des paragraphes. Je voudrais écrire ce que je ressens, le cœur qui se serre quand je les vois, tous les trois, assis à côté de moi dans ce train qui nous ramène vers notre ville – ce coup de foudre à quatre et les confusions des sentiments dont je suis le prisonnier volontaire. J'imagine des vacances ensemble, dans une grande maison aux volets bleus, près de l'océan.

Très vite, le texte s'arrête – je me perds dans la rêverie – je fredonne la musique qui passe à la radio – je dérive – je revisse le stylo et je pose mon front contre la fenêtre de ma chambre – je me demande ce que je verrai dans dix ans, dans vingt ans, lorsque je jetterai un coup d'œil par la vitre de mon appartement.

Marianne m'a surpris un jour, le stylo plume à la main – je n'avais pas entendu la sonnette ni les pas dans le couloir, la musique était trop forte et ma mère s'est dépêchée de débrancher l'électrophone dès que Marianne est entrée dans ma chambre. Elle m'a demandé si je travaillais, je n'ai rien su répondre d'autre que « j'écris ». Elle a été très impressionnée. Elle m'a supplié de lui parler de cette histoire en devenir que j'étais en train d'inventer. J'ai brodé. Je suis très fort à l'oral. Depuis, elle est persuadée qu'en secret je mets en place notre légende – la sienne, la mienne et celle de Gilles et de Lucille. Je déteste le mot « légende ».

Je n'aime pas ce qui fige. Une légende, c'est une phrase en bas d'une photo, dans un cadre rouge en bois peint. Une légende, ce n'est pas le mouvement des visages et des yeux. Une légende n'est jamais nue.

J'ai déjà vu Marianne nue.

Nous étions seuls chez elle. Ses parents étaient partis pour la journée et avaient emmené son frère cadet. Marianne tremblait. Je n'en menais pas large non plus.

Nous nous sommes étendus sur le lit. Je savais ce qu'il fallait faire, je l'avais répété de nombreuses fois, comme une leçon qu'on apprend – mais je n'avais pas imaginé une seconde être aussi maladroit – une brusquerie agaçante. Les caresses en saccades, les halètements des membres. La montée du désir, capricieuse et intermittente. Marianne me passait la main dans les cheveux, mais cela ne réussissait qu'à m'exaspérer davantage. Il ne sera pas dit que. Je ne veux pas que. Des débuts de phrases qui heurtaient les parois du cerveau et déconcentraient en intimant de la concentration. Nous sommes finalement parvenus à quelque chose, mais Marianne a un peu souffert et elle a saigné. Je n'ai pas eu mal, mais je n'ai pas eu bien non plus.

Maintenant, c'est mieux.

Les apprentissages et les techniques s'affinent et se développent, mais la conscience n'est que très rarement perdue. Son corps est une planche d'exploration biologique – je m'aperçois que je n'ai pas réellement envie d'elle, que je n'éprouve rien de particulier à son égard. J'aime qu'elle soit une pièce de notre puzzle. J'aime qu'elle s'imbrique dans les autres et les autres avec moi pour former un ensemble coloré et compact.

Mais je sais que je suis le seul à ressentir cette complicité des corps. Depuis peu, je m'aperçois que Lucille désirerait plus d'intimité avec Gilles, qu'elle dénude également plusieurs nuits par semaine. Elle voudrait un détachement de leur iceberg pour voguer sur une mer de glace bien à eux. Marianne se détache aussi – de son côté. Elle est lucide et d'une intelligence tranchante. Elle se rend compte de la précision et de la répétition des gestes et de l'absence totale d'engagement sentimental. Elle ne veut pas d'une solitude à deux – alors elle est sur le point de prendre les devants – elle voudrait me quitter et rompre le carré, les quatre côtés du puzzle – prendre son envol. Mais elle a tenu à être là aujourd'hui, pour le voyage à Paris que nous avons prévu et dont nous avons rêvé pendant des semaines. L'apothéose. Le début de la fin même si personne ne le formule.

Aujourd'hui, c'était une accalmie, une parenthèse. Nous sommes revenus à nos élans du début, à ces phrases en suspens que les autres complètent, aux mains qui frôlent les bras et les nuques.

C'est pour cela qu'assis dans le sas, le front collé au plexiglas du wagon Corail, je ferme les yeux. J'essaie de dessiner mentalement leurs visages afin de m'en souvenir à jamais, de les mettre dans un recoin de ma mémoire pour qu'ils puissent revenir dès que je prononcerai leurs noms.

C'est pour cela, aussi, les cadeaux – une offrande au détachement, un objet que l'on gardera parce que les mois passés ensemble ont été les plus importants de nos vies jusqu'alors. Tandis qu'ils regardaient sur le parvis de Beaubourg un spectacle de rue, je me suis absenté. J'avais repéré cette bijouterie, dans une rue adjacente. Il ne m'a pas fallu longtemps pour me décider. Deux paires de boucles d'oreilles – identiques. La vendeuse a eu l'air un peu surprise mais elle n'a fait aucun commentaire lorsque je lui ai demandé quatre paquets-cadeaux.

Ils sont là – dans la poche intérieure de mon blouson. Je profite du moment avant le don. Quelques instants encore à ne pas entendre leurs exclamations et tous ces mots qui sonnent faux parce que nous ne savons pas réagir devant les présents. Toutes ces embrassades bancales, toutes ces promesses qu'aucun de nous ne tiendra.

Dans vingt ans, dans trente ans, il ne restera probablement pas grand-chose de nos liens. Quelques lettres échangées, une nostalgie un peu vulgaire, l'espace de temps que nous aurons partagé tous les quatre ne sera rien comparé à celui que nous aurons passé avec d'autres. Pourtant, chaque fois que je verrai la boucle d'oreille que je vais garder, je retrouverai les lambeaux de mon corps adolescent, les sensations ferroviaires, l'odeur si particulière de l'acier chaud, l'indifférence du plexiglas et, dans la poche intérieure, quatre paquets-cadeaux qui montent et qui descendent au gré des secousses du train – ils touchent ma peau, ils s'en détachent – un mouvement perpétuel.

Maintenant, je vais ouvrir les yeux – maintenant, je vais donner.

« C'est combien ? »

Mes yeux sont ouverts – mais je ne vois ni Gilles, ni Lucille, ni Marianne.

Devant moi, il y a cette fille aux cheveux rouges, avec un piercing dans le nez. Elle tient les boucles d'oreilles dans sa main. Ses yeux sont fatigués – elle n'a pas dormi, une fête qui s'est prolongée jusqu'au petit matin. Elle n'avait pas prévu de venir au vide-greniers, elle ne savait même pas qu'il y avait un vide-greniers aujourd'hui. Elle passait juste par là pour rejoindre l'appartement qu'elle habite un peu plus bas, rue Kléber. Elle s'est arrêtée pour contempler quelques minutes tout ce mouvement, le déchargement des voitures, les hommes qui installent les tables, les femmes qui sortent les thermos de café – elle n'en revient pas. Elle pense que jamais de sa vie elle ne fera de vide-greniers. Tous ceux qui vendent ici se débarrassent des objets inutiles qu'ils ont accumulés au cours des années. Elle n'aura pas besoin de se débarrasser – elle ne veut rien amasser. Elle veut juste dériver au gré de ses influences et se laisser porter par le vent. Elle se remet en marche, elle passe devant mon stand, elle est sur le point de s'éloigner et soudain, il y a le petit bruit métallique, le son d'un triangle dans un orchestre. Elle tourne la tête. Elle voit les boucles d'oreilles. Elle ne peut s'empêcher de s'approcher. Elle touche le pendentif métallique. Et puis le dessin. L'oiseau qui plane au-dessus des montagnes, le violet ; elle les trouve belles. Elle me jette un coup d'œil. Elle est surprise que quelqu'un comme moi puisse détenir un bijou semblable.

Elle demande le prix et je mets un temps infini avant de lui répondre. Elle n'est même pas sûre que j'aie vraiment entendu. Je suis peut-être sourd, après tout. Elle est sur le point de répéter plus fort mais ma voix se fraye un chemin, un peu hésitante, un doute sur la somme : « Cinq euros ? » Elle ne fait même pas mine de marchander. Elle fouille dans son grand sac en toile parsemé d'éclats de miroir et en ressort un billet vert à moitié déchiré. Elle ne s'excuse pas. Le contact de ses mains. Lorsque nous nous effleurons, je lui souhaite mentalement toute la chance possible. Je sens le frémissement de ses doigts. Elle s'éloigne de quelques pas, puis elle s'arrête – elle prend une des deux boucles dans ses doigts et la fait miroiter dans la lumière du soleil.

Deux.

Je n'aurais pas dû en avoir deux.

Nous étions quatre – j'avais demandé quatre paquets-cadeaux.

Je me souviens du moment de l'offrande. Une fois les exclamations diluées, chacun se met à essayer la sienne. Gilles en premier, bien sûr. Nous sommes déjà frères de sang, frères d'armes, nous nous sommes juré tous les serments de fidélité. Lucille ensuite – elle est émue. Elle ne peut s'empêcher de parler. Elle dit qu'elle se rappellera cette journée toute sa vie et nous en avons tous les larmes aux yeux. Reste Marianne, avec cet air ironique qui ne la quittera plus.

Marianne n'a pas les oreilles percées. Marianne est la seule à ne jamais porter de bijoux. Elle sourit, elle assure qu'elle laissera de côté toutes ses croyances et qu'elle se rendra chez un bijoutier la semaine suivante pour se faire percer les lobes. Elle me tend la boucle et me dit « garde-la-moi en attendant ».

Trois jours après, nous ne sommes plus ensemble.

Je m'aperçois que ni Gilles ni Lucille ne portent les leurs – à la place, il y a cette petite croix en argent que Gilles arbore et qui appartenait à Lucille. Je décide au bout de quelques jours d'enlever la mienne. Elle rejoint celle que Marianne n'a pas réclamée dans une communion métallique à défaut de confusion charnelle. Elles s'oublient ensemble dans un des tiroirs du bureau – ensuite, je perds leur trace.

Je les oublie pendant plus de vingt ans – des bouteilles à la mer portées par le flot des déménagements – elles se font discrètes jusqu'au soir où je trie les affaires, j'ouvre une toute petite pochette bariolée sur laquelle trône encore une étiquette dorée, le nom de la bijouterie, son adresse, Paris – je bloque les images qui montent, je suis en pleine furie de nettoyage, je les balance sans ménagement dans l'un des cartons – et puis ce matin, je les place sur la table, elles sont accrochées à une tige en acier et côtoient un bracelet en cuir et une montre à quartz, il est tôt, une petite brise se met à souffler, elles s'affolent un peu, elles tournent sur elles-mêmes, elles se touchent – le petit bruit métallique, l'odeur du train en pleine rue.

Il m'est arrivé de les revoir – de loin en loin –, nous ne nous sommes jamais salués.

Marianne est institutrice, elle s'est dénudée pour un autre instituteur et ensemble ils forment un couple CAMIF parfait, ils ont un monospace acheté d'occasion et trois enfants ceinturés à l'arrière, ils vont en vacances en Vendée et ont fait poser dernièrement des pavés autobloquants dans la descente de leur garage.

Gilles a beaucoup flirté avec les embrouilles et les plans de récupération – il a bénéficié de tous les avantages sociaux possibles, de tous les postes de surveillant à mi-temps dans les collèges, de tous les emplois précaires pour finalement trouver une place inespérée de vendeur en informatique dans une grande chaîne de biens culturels, je passe souvent devant lui lorsque je vais acheter des CD, son regard s'attarde un peu et puis il glisse vers un autre client.

Je n'ai croisé Lucille qu'une seule fois, au détour du rayon produits frais d'un supermarché. Je ne l'ai pas reconnue tout de suite. Elle portait un tailleur noir, elle était à peine maquillée et il émanait d'elle une autorité impressionnante. Plusieurs clients se sont retournés sur son passage et les caissières se sont mises à murmurer, j'ai tendu l'oreille, il était question de la visite de la responsable de tous les hypermarchés de la moitié nord de la France. Une peau de vache – mais efficace, apparemment. Une reine de la grande distribution. J'ai posé mes achats sur le tapis roulant et je me suis demandé si parfois, en fermant les yeux, les champions de l'agroalimentaire rêvaient de train Corail. Peut-être, après tout. Au moment d'entrer dans cette zone indécise qui nous plonge vers la nuit, ils revoient le parvis de Beaubourg, le sas de la voiture 7 et ces drôles de pendentifs que nous avait offerts... ah... comment s'appelait-il déjà ? j'ai son nom sur le bout de la langue... ça va me revenir...

Les boucles, elles, ne me reviendront pas.

Je leur jette un dernier regard, tandis que la jeune fille les observe dans l'éclat du soleil. Je les remercie de m'avoir suivi si longtemps – il est temps de vous rendre la liberté. Bien à vous.

Fabrice émet un petit sifflement. Il trouve que la journée commence plutôt bien – une installation à sept heures trente et une première vente à huit heures cinq, c'est prometteur. Je lui fais remarquer que certains stands ont déjà été dévalisés par les brocanteurs. Il regarde les quarante-cinq tours dans le bac en bois – certains titres lui rappellent son enfance alors qu'ils sont mon adolescence. Puis il s'intéresse aux livres que j'ai à vendre. Il lit les quatrièmes de couverture, ouvre les volumes au hasard. Il se racle la gorge et dit d'une voix sourde qu'il a eu Anne au téléphone hier – elle a laissé entendre qu'elle passerait peut-être.

Je ne trouve rien à répondre. Je m'en doutais, de toute façon. Elle passe ses mercredis matin à la salle des ventes depuis que nous sommes séparés. Je ne sais pas ce qu'elle y cherche. La phrase danse un instant une gigue endiablée devant mes yeux et puis elle se dilue dans l'air matinal. Je ne peux rien y faire. Si Anne veut s'avancer dans la rue au bras du réparateur dentaire, je ne peux pas l'en empêcher. Si Léo et Mathilde veulent les accompagner et marcher derrière eux comme des demoiselles d'honneur à un mariage, je ferai face. Nous échangerons quelques mots polis, j'embrasserai les enfants et, comme d'habitude, Léo aura un mouvement de recul – embrasser son père, à huit ans, c'est embarrassant. Sa sœur aînée me fixera en restant un peu en retrait. Je plongerai dans ses yeux. Ce sera le moment le plus délicat.

Mathilde.

Je n'aimais pas beaucoup ce prénom – je ne l'ai pas choisi. J'aurais préféré quelque chose qui finisse en « a », Eva, Lola, une ouverture vers le monde, un mouvement des bras qui s'écartent du corps et embrassent ce qui vient. Mathilde, c'est retenu, discret – un enfermement désiré, une observation lucide et sans concession des bassesses alentour. Mathilde, c'est le sacrifice de l'amour, c'est la souffrance que l'on cache et qui suinte les jours de pluie.

C'est ma fille.

Je n'ai pas le même rapport aux deux enfants que j'ai eus. Je n'en suis pas particulièrement fier.

Bien sûr, en société, dans ces conversations anonymes qui roulent sur la progéniture et les prêts bancaires, je jure et je crache, comme tout un chacun, qu'il n'y a aucune différence dans mon amour paternel envers mes deux rejetons, cinquante-cinquante, autant de sentiments, autant d'émotions. Mes interlocuteurs hochent la tête et y vont, eux aussi, de leurs serments, la main sur le cœur. Pourtant, je les observe tous ; dans la manière de caresser une nuque ou de poser les doigts sur un bras – je vois des disparités d'affection. Il y a toujours un fils préféré.

Le mien est une fille.

Face à Léo, je suis constamment dubitatif. Je ne sais jamais vraiment comment me comporter, ni quelles valeurs je suis censé lui transmettre. Je devrais probablement être porteur de courage et de témérité, de force tranquille et de puissance sereine, mais je ne me reconnais pas dans ce tableau de couleurs. Les miennes sont plus diluées, ce sont des aquarelles – et à présent, une absence relative.

Lorsque Léo était plus jeune, j'ai eu des emportements parfois violents. Comme tous les garçons, il sautait partout et courait dans tous les sens, renversant sur son passage les vases, les livres, les tables et les chaises, accumulant les plaies et les bosses.

Anne tentait de juguler le flux – j'en étais incapable. Je commençais par une réflexion vexante, puis une autre et d'un seul coup, la moutarde qui monte au nez, le volcan qui explose – je me mettais à hurler dans la maison. Léo prenait peur et allait se réfugier dans le tipi qu'il avait reçu pour son troisième anniversaire – cric, crac, je noue les ficelles et le monde ne peut plus m'atteindre. Sa sœur se tenait debout – à mi-chemin entre lui et moi. Elle hésitait entre aller le rassurer et prendre mon parti. Avec les années, mes colères envers Léo sont devenues plus rares, mais elles restent dévastatrices.

Mathilde, elle, a choisi son camp.

Elle a commencé par pincer les lèvres. Les ailes du nez qui frémissent. Le teint qui pâlit légèrement – et le mépris de plus en plus visible dans ses yeux – tu ne sais que crier, tu ne comprends vraiment rien – le reproche était muet mais il était acerbe. Et puis, dernièrement, elle s'est mise à parler de droit, de justice et de liberté. L'ironie, finalement, c'est que ces valeurs-là, oui, je tenais à les lui transmettre.

Aujourd'hui, je suis près d'elle mais elle est loin de moi.

Pour bloquer les mots et les boules dans la gorge, il suffit de se concentrer sur une tâche bien précise. J'inspecte donc avec circonspection les objets étalés sur les trois tables à tréteaux. Je ne voudrais pas que, par négligence, s'expose là un cadeau de fête des pères ou un présent fait aux enfants. Il y a peu de risques. Ils ont eux aussi rempli scrupuleusement leurs cartons au moment de la séparation – toutes leurs affaires sont parties chez le dentiste. « C'est plus simple pour le moment, nous verrons quand tu auras déménagé », avait ajouté Anne.

Anne.

Sont exposés, bien sûr, quelques livres que nous avons lus ensemble et quelques disques sur lesquels nous avons dansé mais rien de frontal ne rappelle notre duo. Tout ce que j'ai à vendre ici est à moi – à moi seul – et je rêve pourtant que de nouveaux propriétaires se manifestent.

Fabrice sifflote.

Il passe d'un roman à l'autre, ouvre des pages au hasard. Je m'approche de lui. Je lis les titres. Parfois, ils ne m'évoquent rien. De temps à autre, des bribes d'histoire, quelques grandes lignes, un nom de personnage surnagent. C'est décevant. Des décennies plongées dans les histoires des autres et si peu de reliquat. Ce qui reste, ce sont des images qui n'ont rien à voir avec l'intrigue, les amours déçues ou les coups du sort.

Ce qui reste, c'est l'autour.

Le livre jaune avec un liseré rouge, par exemple – je l'ai lu sur une plage normande en été, Mathilde avait des problèmes ORL, on lui avait greffé de minuscules tuyaux dans les oreilles, des aérateurs transtympaniques, le nom suffisait à nous faire dresser les cheveux sur la tête, et elle ne pouvait pas se baigner. Elle restait sous le parasol rouge et elle s'ennuyait. Nous faisions des châteaux de sable. Nous allions pêcher des crevettes dans les rochers. Mais les autres enfants jouaient dans les vagues et je m'en voulais de lui imposer cette solitude, elle qui aime tellement la compagnie et les relations humaines.

Le livre noir – c'est un autobus qui fonce à travers les plaines de l'Est, je suis parti avec un collègue qui veut voir les pays tout juste sortis de ce que les journalistes aiment appeler « le joug communiste », le chauffeur conduit comme une brute épaisse, Mathieu est déjà en train d'étudier les guides de voyage, d'établir un itinéraire et un plan des visites essentielles, je me désintéresse, je me demande pourquoi j'ai voulu voyager avec lui, je plonge dans le roman.

Et celui que Fabrice a dans les mains – bien sûr.

Paris. Première moitié des années 80. Les Free Time viennent d'être supplantés par les McDonald's. Tout le monde porte les United Colors de Benetton. Au cinéma, un blond myope erre dans les couloirs du métro à la recherche d'une princesse en taffetas. C'est le mois de septembre. C'est un livre dont tout le monde parle. Il est blanc avec une bande bleue.

Un livre blanc avec une bande bleue

Je l'ai volé.

Le train de banlieue venant de Nanterre m'a déversé comme toutes les fins d'après-midi dans la salle des pas perdus de la gare Saint-Lazare et je me suis laissé porter par le flot. Je me suis retrouvé dans la rue piétonnière derrière le lycée Condorcet. Il a commencé à pleuvoir. Je suis entré dans la librairie qui se trouvait à côté. Il y avait beaucoup de monde, des commandes de manuels scolaires et des achats de romans de la rentrée littéraire. Je me suis retrouvé coincé derrière une grosse dame qui pestait contre le manque de personnel, la perte de temps, l'Éducation nationale. Elle fulminait. À côté d'elle, un petit garçon qui ne disait rien. Et tout à coup, la grosse dame explose, un volcan, elle s'emporte contre l'enfant, « oui, tu aurais tout de même pu t'y prendre avant, tu te réveilles toujours au dernier moment, tu es vraiment un empoté » et paf, une gifle au gamin qui se met à hurler. Il se rebelle et flanque un grand coup de pied dans une pile de livres. C'est le roman le plus en vue de la rentrée, toute la presse en parle, François Lisieux ou la révélation de la littérature française. Les volumes s'effondrent et jonchent le sol de la librairie, le pachyderme en colère en profite pour calotter à nouveau son fils, je me baisse pour aider la vendeuse qui ne sait plus où donner de la tête, j'en profite pour glisser un des exemplaires dans la poche de mon imperméable noir – je l'ai acheté aux Halles tout exprès l'hiver dernier, petit prix, larges poches, grands profits.

La vendeuse est confuse, elle multiplie les remerciements, elle dit que ce n'est vraiment pas son jour – accroupi à côté d'elle, je sens les effluves d'un parfum léger, ses cheveux roux cachent son visage, j'entrevois la naissance de ses seins – la chaleur envahit mon corps – j'en ai le souffle coupé, il y a longtemps que je n'ai pas ressenti le trouble. Nous reformons la pile – je découvre ses bras, ses épaules, l'arête du nez et des yeux d'un vert dilué. Je me mets à échafauder des plans et des avenirs. Je sors de la librairie précipitamment. Je sais que je vais souvent revenir.

C'est mon troisième automne à Paris – j'ai vingt et un ans.

Je poursuis des études de langues sans trop chercher à réfléchir où elles me mèneront. J'ai perdu contact avec ceux qui m'accompagnaient au lycée, j'ai noué ici d'autres liens, la vie est une série de pointillés sur une route qui se trace, je peux encore doubler les autres véhicules, l'horizon est dégagé.

J'habite une chambre de bonne dont une bonne ne voudrait pas, sous les toits d'un immeuble bourgeois du XVIIe arrondissement. Mes parents me donnent régulièrement de petites sommes d'argent et puis il y a la bourse, mais cette année, il n'est pas sûr que je la touche – mes vieux auraient dépassé les maxima fiscaux. Il faudrait que je trouve un travail.

Il faudrait aussi que je trouve une cohérence.

Je couche parfois avec d'autres corps mais aucun ne m'a vraiment harponné au-delà des trois premières nuits. Je discute avec des étudiants, je bois dans les fêtes, je vais au cinéma une fois par semaine, j'apprends des listes de vocabulaire qui s'incrustent dans ma mémoire – je me transforme en dictionnaire bilingue, vous avez demandé une traduction, ne quittez pas.

Mais j'ai l'impression de glisser sur les mois de mon existence et de vivre les événements derrière une des vitres du palais des Glaces, ce labyrinthe de verre dans lequel nous allions nous perdre, mon père et moi, quand nous nous rendions aux Foires de mars, l'après-midi où les entrées étaient à demi-tarif.

La vendeuse de la librairie est une irruption de réalité.

Je rentre chez moi à pied. Pendant tout le trajet, je me demande comment ça se fidélise, une libraire.

Aborder n'est pas le problème. Il suffit de ne pas avoir peur du ridicule. Un moment de calme dans le magasin, s'avancer et faire simple : « Mademoiselle, hier, nous avons ramassé des livres ensemble, j'en ai été ému, est-ce que vous voulez prendre un verre avec moi ? » Ou alors s'attabler à la terrasse du café qui jouxte la librairie et attendre, il doit bien y avoir un moment, le matin, où l'équipe va boire un café et là – improviser. « Je voulais vous remercier, vous m'avez conseillé le roman d'Untel l'autre jour, c'est un livre magnifique. » Parce qu'aux libraires, il faut parler de livres. Ou mieux : il faut en écrire.

Voilà – ça, c'est une putain d'idée.

Je vois le visage de François Lisieux, ces photographies qui s'étalent dans les librairies et les magazines – deux yeux noisette rieurs, une crinière blonde, une ride profonde sur la joue gauche, un air de baroudeur intimidé qui lui vaut une vraie cote de popularité auprès du lectorat féminin.

Dans la non-chambre de bonne, je lis et relis le livre de François Lisieux. Il est blanc avec une bande bleue et il s'intitule *L'Été des antipodes*. C'est l'histoire un peu compliquée d'un homme de la quarantaine qui se retrouve perdu entre deux histoires amoureuses, une paternité non désirée et des amis qui se déchaussent comme des molaires mal fixées.

Le roman me plaît – sans plus. Mais ce n'est pas ça, l'important. Ce volume, c'est mon objet d'étude, mon laissez-passer, mon passeport.

J'ai punaisé la première page du livre de François Lisieux sur le tableau de liège qui trône au-dessus de mon bureau. Je la lis vingt à trente fois par jour. J'ai décidé de m'imprégner des tics de l'auteur, de les intégrer. Certains sont évidents. Par exemple, François Lisieux enchaîne souvent deux adjectifs, les fait suivre d'un tiret, puis d'un troisième adjectif. Il a également tendance à raccourcir les phrases et à supprimer les propositions relatives.

La première phrase du roman, je la connais par cœur. « Cet été-là, les orages sont violents, ombrageux – électriques. Les femmes courent et s'abritent. Elles remontent leurs robes pour traverser les torrents des rues. Jean Perlaux remonte le temps. Les orages appellent d'autres orages. Et Maud. Maud Procureur. Un portrait un peu passé. »

Je recopie les premières phrases.

Vingt à trente fois par jour.

Il paraît que le geste est important. C'est François Lisieux qui l'a lui-même déclaré dans un entretien donné à un grand magazine culturel. Il a expliqué qu'il fallait prendre un cahier vierge, blanc – inodore. Un stylo. N'importe lequel, bleu, noir – rêveur. Inspirer un grand coup et se lancer.

Noircir des feuilles. S'habituer. Recopier des passages des romans qu'on a aimés, si on le désire. Au bout d'un moment, vous verrez, vous cesserez de recopier les passages mot pour mot, vous commencerez à dériver, vous serez sur l'océan bleuté, immense – salé.

Le voyage est intérieur.
Dont acte.

Désormais, quand je descends gare Saint-Lazare, mon rituel est immuable. Je passe une demi-heure à la librairie – la vendeuse me reconnaît maintenant, elle m'adresse un petit signe de la main – et je traîne parmi les romans. Je les soulève et les soupèse, je les feuillette. La vendeuse ne me donne aucun conseil, elle reste à l'écart. La propriétaire, oui. Je vois ses mouvements concentriques d'approche. Mine de rien, elle repositionne les piles de son œuvre préférée, elle demande d'une voix doucereuse si je trouve mon bonheur. Je souris, je réponds que tout va bien et je sors. Je vais boire un café au 747, juste à côté. Je peaufine mon attaque.

Je rentre vers dix-huit heures trente. Je fume une cigarette. Je bois un jus d'orange. Il faut du rituel – François Lisieux l'a dit : le rituel est essentiel à l'écriture. Je prends le stylo plume noir à fines dorures, c'est un vieux stylo à pompe, alors je lui fais aspirer l'encre – et je commence.

Je recopie *L'Été des antipodes.*

Vingt à trente fois par jour.

Je suis parvenu à quelques variations intéressantes. Déjà, l'action se passe en hiver, un hiver pluvieux, venteux – moche. Les femmes courent sous des portes cochères. Elles referment leurs parapluies. Les hommes les attendent, impatients, tendus – excités.

Et immanquablement, je me mets à rêvasser. C'est toujours le même décor. Je suis avec la libraire au 747 et je l'entreprends avec beaucoup d'assurance, des mots qui font mouche. Je dévoile des passages de mon roman en gestation. Je la sens qui se relâche et approche ses jambes des miennes. Son pied remonte doucement le long du mollet. Ce qui se passe ensuite, j'aurais du mal à l'écrire. Les paroles deviennent crues mais elles sont de celles qui libèrent le désir – nous finissons dans les endroits les plus improbables, des portes cachées dans les couloirs du métro, les toilettes publiques aux heures de pointe, les escaliers du lycée Condorcet – coincée contre la rampe, la chevelure renversée, elle voit les deux étages en contrebas.

Je tiens trois semaines.

Trois semaines à remplir des cahiers que j'achète au Monoprix par paquets de quatre – au dos, il y a les tables de multiplication et je me retrouve parfois à les réciter mentalement avant de rentrer chez moi.

Et puis, un jour, c'est un mardi, je n'y tiens plus. Je n'arrive plus à me concentrer sur quoi que ce soit et je viens de lire un nouvel entretien avec François Lisieux dans lequel il explique que, selon lui, personne ne peut écrire de bon roman avant l'âge de trente-cinq ans.

Je me rebelle contre mon idole – et puis je baisse les bras. Je lâche l'affaire. Je raconterai à la libraire que j'écris un roman mais que je préfère ne pas le montrer, que je ne suis pas encore fier du résultat malgré les quatre cent cinquante-trois pages gribouillées – je lui demanderai d'être mon égérie. Aujourd'hui, j'éperonne.

Je suis en avance. Aucune boutique n'est encore ouverte dans la rue.

Par chance, la libraire est là, au 747. Elle boit un café. Je m'approche, je tremble un peu mais ma résolution est prise, je lui demande si je peux lui tenir compagnie. Elle répond, oui, pourquoi pas, mais je ne reste pas longtemps. – Vous commencez à quelle heure ? – Je ne commence pas, je termine. – Pardon ? – Je me casse, je m'arrache, j'en ai ras le cul de ce boulot de merde à me faire humilier toute la journée par une pétasse qui en a toujours après ma peau. – Ah bon, elle est comme ça... – Tu parles ! Et puis de toute façon, les livres, c'est pas mon truc, c'était juste pour essayer, si encore ils vendaient de la papeterie, enfin des conneries comme ça, ça irait mais là, tous ces connards qui se ramènent et qui te causent de bouquins dont t'as jamais entendu parler, ah non, j'en peux plus moi, c'est fini... J'ai un plan à Rouen. – À Rouen ? – Ouais, la sœur de mon mec ouvre une boutique de fringues et elle veut bien m'embaucher, alors ce matin, je vais filer ma démission et chercher les ronds, de toute façon c'est pas pour ce qu'elle paie, elle est radine, cette bonne femme, c'est dingue, et puis de toute façon, la librairie, ça paie pas... Et vous au fait, vous venez tous les jours mais vous achetez rien, vous les piquez les bouquins, c'est ça ? Je vous ai vu, un jour, en chouraver un, mais j'ai rien dit, vous pensez bien ; vous les revendez ou vous les lisez ?

Elle ne me laisse pas le temps de répondre – elle demande l'heure, elle dit « putain faut pas que je traîne, faut que je règle ça dès l'ouverture, parce que j'ai un train pour Rouen à dix heures et maintenant, j'ai plus d'appart à Paris alors je vais pas moisir plus longtemps, bon, c'était sympa de vous avoir vu, alors au revoir, hein, et puis on ne sait jamais, à un de ces quatre, vous me payez mon café ? »

Le serveur arrive – je commande un double – je suis sonné.

Une demi-heure plus tard, je suis dans la rue Condorcet, je sais à peine comment je m'appelle. Je me fais bousculer par quelques passants pressés, je ne sais pas vers où me diriger – alors je finis dans la librairie. Je ne regarde même pas les livres. Je me tiens debout, les bras ballants. La propriétaire des lieux est en train de parler à une cliente – elle est blanche comme un linge, elle raconte l'agression, elle s'est fait traiter de sale pute par une employée, c'est la première fois, et puis maintenant, il va falloir qu'elle retrouve quelqu'un. La cliente répond qu'avec le chômage qui augmente, ça ne devrait pas être trop difficile. La propriétaire rétorque qu'un vendeur, oui, ce n'est pas trop ardu à dénicher, mais un vendeur qui aime les livres, ça, c'est autre chose.

« Il y a moi. »

J'ai parlé sans vraiment m'en rendre compte. Les deux femmes se taisent et me dévisagent. Longuement. Enfin, la propriétaire me demande de m'expliquer. Alors, je détaille – les études de langues étrangères, les bouquins depuis l'enfance, même l'envie d'écrire – mais comme dit François Lisieux, on ne peut pas écrire de bons livres avant l'âge de trente-cinq ans. La libraire se met à rire. Elle répond qu'il ne faut pas croire tout ce que dit Lisieux non plus, il n'est pas parfait – il assène même parfois de sacrées conneries – mais bon, au moins, vous savez qui c'est... vous avez lu le dernier ? – *L'Été des antipodes* ? Oui. – Et vous en pensez quoi ? – La première page est magnifique.

Nouvel éclat de rire – elle prend ça pour un trait d'esprit – une façon élégante de dire que c'est une nullité. Elle me demande si je peux lui apporter un CV et quand je peux commencer, à l'essai. Je réponds à son bon plaisir, je n'ai pas de cours aujourd'hui – c'est un mensonge éhonté. Elle penche un peu la tête et elle propose « cet après-midi ? ».

Je sors de la librairie – il fait beau et un peu frais. Octobre débute.

J'ai trouvé un emploi.

Des après-midi à se disputer avec Annick – la propriétaire – au sujet de tel ou tel livre, elle me relance entre deux clients, « comment tu peux aimer ça, c'est lamentable », et moi de répliquer « tu n'as aucun goût, tu n'aimes que la littérature de vieux » – les acheteurs potentiels comptent les points et, parfois, ajoutent leur grain de sel.

Des soirées à faire des résumés de nos coups de cœur sur des cartons jaune clair pour essayer d'intéresser les lecteurs. D'autres à l'écouter parler de son analyse et de ses problèmes avec les hommes, parce qu'elle vient de découvrir qu'elle préfère les femmes et son ex ne l'a toujours pas digéré – il ne le digère tellement pas qu'un jour il débarque, furieux, à la librairie, et je la protège, il me frappe, je tombe dans une pile de Sollers – Annick assomme l'agresseur à coups de Larousse.

Des nuits à parler de mon travail aux femmes dans mon lit ou dans le leur. Au début, elles s'émoustillent, elles disent que c'est passionnant, la littérature – et puis elles se lassent vite, on ne pourrait pas parler d'autre chose ? Elles s'endorment avant moi – je sais que j'ai perdu la partie.

Des heures matinales au 747, parce que j'ai réussi à convaincre Annick de prendre un café avant de commencer la journée, à regretter notre différence d'âge – vingt-deux ans – et surtout mon sexe, « tu sais qu'ils font des opérations qui marchent bien maintenant, parce que nous formerions un couple idéal, un couple, c'est une équipe, tu comprends ? » me répète-t-elle.

Sept ans à travailler ensemble.

Et puis la lente agonie de la librairie – trop de concurrence, trop proche. Et Annick qui fatigue. Elle parle de retourner en Bretagne – son amoureuse la suivrait, ensemble, elles monteraient autre chose, le livre c'est fini, mais on pourrait vendre des confitures d'oignons, tu ne veux pas faire partie de l'aventure ?

Elle sait que la réponse est non – même si le mot me barre la gorge, parce que non, c'est ne plus te voir, Annick, c'est couper d'un seul coup tous les liens qui font de ma vie depuis quelques années un bonheur et c'est à nouveau errer – c'est ça, errer.

Le dépôt de bilan.

Et le dernier jour. Le tout dernier jour. Les clients réguliers qui viennent et nous embrassent, de vieux messieurs qui pleurent, des jeunes filles que j'ai vues grandir qui se jettent dans nos bras, les silences, tous les mots ont été dits.

La librairie vide – plus un seul volume sur les tables.

Tu ne veux pas que je t'accompagne à la gare Montparnasse, Annick ?

Je te vois disparaître dans la bouche du métro Saint-Lazare – l'amertume est partout.

Partout.

Un rayon de soleil sur ma joue gauche.

L'amertume se dissipe dans l'air de juin. La librairie est très loin de moi. À ce moment-là, je n'aurais jamais pu deviner les chemins que j'allais prendre. Le changement de profession, la rencontre avec cette femme qui s'écarte de moi à présent mais en laissant derrière elle plus que des traces, des vies que nous avons façonnées ensemble – tellement plus réelles que les personnages des romans.

Fabrice lève les yeux du livre de François Lisieux. Il dit que ça commence plutôt bien. Je hoche la tête. Il me demande combien je le vends. Je lève les yeux au ciel.

– Prends-le.

– Tu es sûr ? Bon...

Le livre blanc avec une bande bleue dans les mains de mon meilleur ami – un enfant de dix ans à l'époque de la sortie du roman. Il jouait aux billes dans la cour de récréation et collectionnait les agates. Il se battait avec son frère dans la chambre tous les soirs, un combat rituel, toutes les frustrations de la journée sorties à coups de poing et de pied furieux.

Fabrice est devenu le petit frère que j'aurais pu avoir. Il est même venu dîner un jour chez mes parents qui l'ont trouvé charmant. Avant de partir, ma mère m'a pris à part et m'a demandé qui il était pour moi exactement. Je me suis dégagé et j'ai répondu « un ami ». « Un ami, un ami, mais un ami comment ? » J'ai secoué la tête et j'ai soupiré. Ma mère vit dans un monde où les relations ne peuvent être que familiales ou amoureuses et familiales si amoureuses. C'est de cet enfermement sans doute qu'est née mon envie des bandes, des groupes, de l'extérieur et du bancal. Anne et moi, nous sommes la meilleure preuve du bancal. Ce qui est dommage, c'est que nous n'ayons pas tenu le coup. Mais je maintiens. J'insiste. Je n'aime que le bancal.

Je suis de près la vie sentimentale de Fabrice – une alternance de lames de fond qui le laissent pantois, des étoiles dans les yeux et un sourire idiot sur les lèvres, et de mer d'huile, des traversées d'océan sur un radeau de fortune. Il regarde les étoiles, il s'inquiète un peu mais beaucoup moins que moi lorsque je me trouvais dans sa situation. Il a confiance en l'avenir. Et il me la transmet. J'en ai bien besoin.

Bien sûr, je redoute le moment où il se fera rejoindre et accoster et où, soudain, ils seront deux, quatre yeux, vingt doigts, une double tête pour décider et ressentir. Je sais qu'à ce moment-là, je passerai à l'arrière-plan et que nous ne pourrons nous voir seuls au mieux qu'un soir par semaine. Je le redoute, mais je l'appelle aussi de tous mes vœux. Parce que si Fabrice me relâche, alors c'est la dernière amarre qui me largue, je suis prêt pour la traversée de l'Atlantique Nord, je cesserai de vouloir contrôler une vie qui dérape. Je retrouverai cette légèreté et cette absence de sensations, le blanc des mots, une vraie détente.

Mais pour l'instant, il lit et le livre dans ses mains est une collision de mon histoire. Je joue un moment avec l'idée que les objets puissent résonner encore des échos de leurs anciens possesseurs et je m'amuse à voir ce jeune homme – vingt-trois, vingt-quatre ans ? – aux cheveux coupés ras, en train de retourner les restes de ma collection de miniatures automobiles Majorette et celle, complète, des écussons des différentes villes d'Europe que l'on trouvait dans les cafés Maurice.

Le sourire cesse lorsqu'il met la main sur la petite couverture en laine jaune. J'ai longtemps hésité avant de l'apporter. Je me disais que je n'avais pas le droit – je l'ai laissée de côté. Mais il y a eu de l'énervement et de la fatigue et j'ai mis d'un coup tout ce qui traînait dans un carton – la petite couverture en laine jaune a pris le chemin du soleil et de la rue de la Cité.

Objets perdus

Elle est incongrue, là, dans l'été qui commence, au milieu des gens qui étalent leurs vies et les livrent en pâture au plus offrant.

La petite couverture en laine jaune ne m'appartient pas.

La petite couverture en laine jaune appartient à monsieur Leaumes.

Une petite couverture en laine jaune

Monsieur Leaumes – la sonorité du nom évoque ces intendants stylés, majordomes français dans des demeures anglaises au début du siècle dernier. Pourtant, monsieur Leaumes n'a rien d'un Britannique ni d'un maître d'hôtel. Monsieur Leaumes ne porte pas de redingote ni de pantalon bien coupé. Monsieur Leaumes ne donne pas d'ordres. Monsieur Leaumes en reçoit.

En recevait.

Nous habitions, Anne et moi, dans cet appartement du centre de ma ville natale depuis notre retour de Paris, un peu plus d'un an auparavant. Mathilde avait un an passé. J'en avais trente de plus qu'elle. Nous ne nous préoccupions que de nous. C'était ma première année d'enseignement et je découvrais tout, les manuels, les salles, les élèves, les collègues, les formations – je courais dans tous les sens. Anne avait dégoté un emploi dans une agence immobilière – celle-là même par laquelle nous avions trouvé ce trois-pièces peu fonctionnel dans un immeuble du XVIIIe siècle. Nous jonglions entre nos devoirs professionnels, la crèche et ses horaires, nous étions lancés dans une course-poursuite infernale qui nous empêchait de nous concentrer sur ce qui se passait autour de nous. Nous n'avions pas envie de voir – ni d'entendre.

Alors, non, nous n'avons pas vu monsieur Leaumes.

Il y avait simplement dans la cage d'escalier, depuis quelques jours, cette odeur un peu étrange, un mélange de sueur et d'eau de toilette bon marché. C'est la voisine du dessous qui m'a alerté. Elle ne m'avait encore jamais adressé la parole mais ce jour-là, en arrivant sur le palier, j'ai entendu le bruit de verrous qu'on ouvre à la hâte et j'ai aperçu la silhouette maigrelette dans l'embrasure de la porte. Elle m'a fait signe du doigt – « approchez-vous ». Je me suis préparé à la litanie des reproches, vous êtes trop bruyants, la gamine pleure toute la nuit, elle empêche tout le monde de dormir, est-ce que vous ne pouvez pas faire moins de tintouin quand vous vous déplacez dans l'appartement ? J'ai préparé des phrases d'excuses et d'explications, c'est difficile, vous savez, il faut le temps que nous prenions nos marques, un enfant, un déménagement, deux nouveaux emplois, nous ne savons pas où donner de la tête.

Je n'y étais pas du tout.

La voix de madame Loustalot était un peu rauque. Elle m'a demandé si je l'avais vu. J'ai froncé les sourcils puis écarquillé les yeux. Elle a indiqué le palier de notre étage, au-dessus de son appartement, et elle a prononcé le nom. Monsieur Leaumes.

– Qui ça ? – Ah, c'est vrai que vous n'êtes pas là depuis longtemps. – Désolé, mais je ne vous suis pas. – Monsieur Leaumes est revenu habiter ici.

Il y avait dans le ton comme une crainte et je me suis surpris à penser à des esprits, des revenants, des fantômes ululant dans la montée d'escalier. La maison était hantée et personne ne nous avait prévenus. Madame Loustalot m'a demandé si j'avais quelques minutes – il fallait qu'elle me parle en privé.

Elle habitait un grand appartement de cinq pièces, haut de plafond, avec un récamier dans le salon et une grande armoire normande dans la salle à manger. Au-dessus du manteau de cheminée trônait le portrait de son défunt mari dans un costume de cérémonie. Il arborait une Légion d'honneur au revers de son veston. Madame Loustalot a apporté une assiette de gâteaux extrêmement secs et une bouteille de jus de pomme en verre. Elle s'est installée. À force de ne parler à personne et d'observer les allées et venues du quartier par les persiennes, madame Loustalot était devenue une conteuse extraordinaire. J'ai anticipé le « il était une fois ».

« Monsieur Leaumes habitait l'appartement en face du vôtre, vous savez, celui qui est occupé par mademoiselle Emprin, qui travaille à la banque. C'était il y a trois ou quatre ans. Il vivait avec sa femme et ses deux garçons. L'appartement était un peu étroit pour toute la famille mais bon, cela ne semblait pas les gêner. Il était employé à la Toxola, vous savez, l'usine de vêtements sportswear... »

Elle prononçait « sportswear » en ouvrant exagérément la bouche, et elle se gargarisait de ces sonorités étrangères à son palais, elle répétait le mot à voix basse, les yeux à demi fermés, comme une incantation. Le sportswear se déifiait dans sa gorge, il devenait objet de culte, ultime référence, la crème de la crème. Elle a bu un peu de jus de pomme – une goutte s'est échappée et a glissé le long de son menton – elle ne l'a pas essuyée – madame Loustalot était dans la transe du récit.

Et moi, en quelques phrases, j'étais suspendu à ses lèvres. Il y avait tellement de temps qu'on ne m'avait pas raconté d'histoire. Je retrouvais la saveur de la légende et les romans – je me rendais compte à quel point ils m'avaient manqué.

« Elle, elle était secrétaire chez un notaire ou un avocat, je ne sais plus exactement, enfin quelqu'un qui s'occupait de la loi – c'était une femme très bien mise, toujours propre sur elle et très distinguée, très polie aussi. Les garçons, bon... Les garçons, c'étaient des garçons – ils étaient un peu turbulents, il faut dire ce qui est, ils dévalaient les escaliers en risquant de se rompre le cou, ils se chamaillaient souvent – cela perturbait certains locataires, mais pas moi, vous savez, j'ai connu ça avec mon fils, Michel, mais ce n'est pas ce dont je veux parler, reprenons le fil... »

Encore une lampée de jus de pomme, un « sportswear » articulé de façon muette, le mouvement des lèvres seulement, et puis une profonde inspiration. Sur son siège en paille, Madame Loustalot devient une pythie de bazar. Le silence nous a entourés. Nous sommes seuls au monde.

« Bref, un beau jour, enfin, tout dépend sous quel angle on le prend – à l'étude du notaire ou de l'avocat, elle rencontre un client qu'elle a connu par le passé et c'est le choc, elle sent son cœur battre à se rompre. Il lui apprend qu'il est devenu commerçant et qu'il possède un magasin d'électroménager qui tourne tellement bien qu'il va sans doute en ouvrir un autre bientôt, et donc il cherche un local, c'est pour ça qu'il est venu voir le notaire ou l'avocat – elle, elle n'écoute que d'une oreille, elle détaille les yeux, les cheveux qui grisonnent sur les tempes, elle descend le long du torse – elle est hypnotisée, elle a la gorge sèche – elle demande s'il est marié, il répond divorcé, pas d'enfants – et tout à trac, il l'invite à déjeuner. Le jour même, c'est impossible, elle doit reprendre les enfants à la cantine mais demain ? Rendez-vous est pris pour le lendemain, donc, et madame Leaumes est tourneboulée toute la journée, elle ne répond pas aux questions, elle a des absences, son mari s'inquiète, elle prétexte un grand état de fatigue et elle va se coucher tôt. Le lendemain midi, au restaurant, le client lui prend la main au cours de la conversation et c'est comme une décharge électrique, quelque chose qu'elle n'a jamais connu avec son mari – la semaine suivante, ils deviennent amants... »

Le mot « amants » tourne un moment dans la pièce, avec sa grâce désuète, ses femmes en chemise de nuit, échevelées sur des lits à baldaquin, ses hommes du petit jour qui lacent des pantalons de toile et disparaissent par le balcon. Madame Loustalot contemple le mot tandis qu'il s'étiole dans le salon et puis elle le congédie d'un geste sec de la main. Non, décidément, elle préfère « sporstwear ».

« Cela aurait pu tourner vinaigre, mais les Leaumes sont des gens bien, alors tout se passe civilement, elle explique, elle s'excuse et lui, il encaisse le coup, il se brise un peu mais il ne crie pas, ils mettent en place le divorce et elle déménage avec les deux enfants qui sont censés venir voir leur père tous les quinze jours. Seulement voilà, les enfants s'ennuient avec leur papa et puis monsieur Leaumes n'avait pas pensé que rester tout seul dans un appartement dans lequel on a vécu à quatre, ça porte sur le système – je sais ce que je dis, quand mon mari est mort et que mon fils a quitté la maison, pendant quelque temps, je ne tournais plus rond – d'ailleurs, certains prétendent que je ne tourne toujours pas très rond... »

Elle se met à rire, un tout petit rire, un gloussement répété – son nez se plisse et, avec son gâteau très sec dans la main, elle ressemble à un écureuil, elle a fait sa provision d'histoires et maintenant, elle se délecte de les narrer – le récit, c'est comme une noisette qui se croque avec délicatesse et fait saliver, une promesse de bonheur.

Et puis, d'un seul coup, le sourire s'éteint – encore un soupir – c'est le moment de reprendre la parole.

« Donc, il commence à perdre les pédales et au travail, cela se ressent, il fait n'importe quoi, il se fait convoquer par le patron, mais monsieur Leaumes ne mélange pas la vie privée et la vie professionnelle, il refuse de raconter ce qui se passe, il prétend qu'il est fatigué, mais les erreurs se répètent et finalement il est licencié pour faute grave, il accuse le coup, monsieur Leaumes, mais il est courageux, il cherche immédiatement une autre place, seulement il a plus de quarante ans et puis tout le monde peut voir qu'il ne va pas très bien, alors il se rend à des entretiens, mais ce n'est jamais lui qui est pris finalement, l'argent file, surtout que son ex-femme et ses enfants ne sont au courant de rien et les garçons continuent à réclamer des cadeaux, alors un jour, on ne le revoit plus ici, on parle au propriétaire, il explique, quatre mois d'impayés, il a menacé d'appeler les flics et de le faire partir *manu militari* – monsieur Leaumes a voulu éviter le scandale, il a quitté l'immeuble avant que les forces de police ne fassent irruption, alors qu'elles ne seraient sans doute jamais venues. Au début, on en a un peu parlé, dans l'immeuble, et puis on s'est dit que son ex-femme avait dû lui venir en aide, ou des parents à lui, mais apparemment non, parce qu'il est revenu dormir ici – depuis trois ou quatre nuits, il arrive vers vingt-deux vingt-trois heures avec un vieux sac de couchage qui date de quand ils faisaient du camping avec sa femme et ses enfants et il déguerpit vers cinq ou six heures du matin, avant que quiconque se lève, il ne veut pas qu'on le voie. »

Il y a un moment de pause.

Madame Loustalot regarde par la fenêtre les façades des maisons d'en face. Elle tremble un peu. Elle dit qu'elle voudrait bien faire quelque chose pour monsieur Leaumes, elle s'en veut parce qu'elle pourrait l'héberger, elle a de la place, surtout depuis que Michel est parti, mais elle ne parvient pas à s'y résoudre, elle ne sait pas pourquoi, elle n'a pas confiance. Elle ajoute que c'est étrange, parce qu'elle aimait bien monsieur Leaumes quand il habitait ici et puis, le fait qu'il ne veuille pas déranger prouve bien qu'il ne veut de mal à personne, mais bon, elle vit toute seule, et comment savoir ce qui pourrait lui passer par la tête, vous comprenez, trois ans dans la rue, dans les encoignures d'immeuble, sous les portes cochères et dans les entrées de parkings souterrains, c'est un monde qu'on ne connaît pas et qui a ses propres règles. En même temps, on ne peut pas ne rien faire, à la télé, ils n'arrêtent pas de diffuser des reportages là-dessus, ils parlent de la solidarité et juste après, il y a des Israéliens qui tirent sur des Palestiniens et vice versa, « c'est très confus dans ma tête, je ne sais pas pourquoi je vous dis tout ça ».

Elle se passe une main sur le front. Je parle et ma voix est un filet mal assuré. Je dis « nous pourrions l'inviter – tous ensemble ».

Le visage de madame Loustalot s'éclaire, c'est tout ce que je souhaite – faire revenir un peu de soleil sur ses rides. Elle demande des précisions, elle fait appel à mon imagination, et, à ma grande surprise, je retrouve les mots que j'ai laissés en plan dans des cahiers parisiens, à l'époque où je recopiais les phrases de François Lisieux. Je brode. Je décris une fête d'immeuble ou de quartier, une occasion de faire connaissance entre voisins, monsieur Leaumes qui renoue le contact avec les gens sur le palier desquels il dort, je monte d'un cran dans le lyrisme, je martèle que chacun dans notre coin, nous ne pourrons jamais lui venir en aide mais que solidaires, nous y parviendrons – je suis fier de moi et je ressors de chez madame Loustalot avec un ego surdimensionné et des visions de corne d'abondance dans les yeux, c'est un pays où coulent le miel et le lait, nous vivons dans le meilleur des mondes, il suffit d'ajouter notre étincelle pour que la vie devienne un feu d'artifice.

La fiction.

La nuit suivante, nous nous couchons un peu tard, Anne et moi, après un reportage télévisé sur les difficultés d'élever les enfants. Anne est sur les nerfs. Elle attend une réponse pour un poste qui l'intéresse. Il a fallu plus d'une heure pour endormir Mathilde – ses oreilles la font souffrir. J'ai une tonne de copies à corriger et un mémoire à faire.

À un moment, nous cessons de parler.

Derrière notre porte d'entrée, nous entendons les tout petits bruits, le sac de couchage qu'on déplie, une couverture qu'on sort d'un plastique, la besace qu'on pose doucement. Il est sur le palier. La minuterie est éteinte. Nous nous sommes immobilisés dans le couloir. Nous sommes à quelques centimètres de lui. Anne me serre le bras. La réalité prend en un clin d'œil toute son ampleur. Anne n'ira pas se coucher avant d'avoir rempli un sac de provisions, elle cherche ce qui s'ouvre facilement, ce qui se conserve même à la chaleur, ce qui résiste au froid, ce qui réconforte sans être alcoolisé – nous nous endormons comme des souches, pétris de bonne conscience – nous n'avons pas ouvert la porte.

Dans l'immeuble, tout le monde rêve.

Madame Loustalot s'envole dans des banquets où les convives rient ensemble. Anne marche dans les rues de la ville avec notre fille et elle lui explique pourquoi il faut aider et aimer les autres. Je fais de vibrants discours de politique sociale devant des auditeurs médusés que mes mots atteignent.

À six heures du matin, il y a du bruit dans l'escalier – je me réveille. J'entends les éclats de voix, « vous n'avez rien à faire là, déguerpissez maintenant, qu'est-ce que vous fabriquez, attention, il a quelque chose dans la poche ». Le temps de m'habiller, il est trop tard. Par la fenêtre, Anne voit les deux policiers embarquer monsieur Leaumes dans la voiture. Une plainte de l'assureur qui tient boutique au rez-de-chaussée et qui ne se montrera pas de la journée ni de la semaine – des déplacements urgents dans la capitale. Sur le palier gît une couverture en laine jaune sale, celle dans laquelle monsieur Leaumes enroulait son sac de couchage – elle a glissé pendant l'altercation. Je la prends, l'odeur de crasse est tenace. Je vais la laver et je la lui redonnerai, ils ne vont probablement pas le garder longtemps et il reviendra ici, c'est ici que son histoire naît.

À huit heures du matin, madame Loustalot a du mal à parler correctement, elle s'en veut, elle aurait dû, elle aurait pu, et puis cette saloperie d'assureur, déjà qu'ils nous entubent avec leurs cotisations, c'est racaille et compagnie, les termes grimpent l'échelle de la vulgarité, madame Loustalot en pasionaria, hurlant des invectives, lançant des vipères sur les fronts des sans-cœur, mais les vipères sont des reptiles boomerangs, elles la mordent au visage.

Anne tente de la calmer, elle dit que tout va bien se passer, l'immeuble entier est au courant maintenant, nous allons trouver une solution – les paroles apaisent le feu.

Elles ne devraient pas.

Les paroles apaisent le feu et adoucissent la conscience, elles promettent de remettre à demain ce qui n'a pas été fait hier, elles enchaînent par leur pouvoir de persuasion, elles bercent les illusions et lorsque se dissipent un jour les nappes de brouillard qu'elles ont tissées, la mâchoire se décroche et la gorge s'étrangle.

Sur le journal local, un matin de mars, quelque temps après l'intervention musclée, la une nous décoche une droite dans les canines – un sans-abri retrouvé pendu dans un sous-sol. S'ensuit une description de la macabre découverte et les cris d'orfraie des habitants de la rue, les « c'est horrible » doublés de curieux « on n'est plus en sécurité nulle part », et, en quelques lignes, un résumé de la vie et de l'œuvre de la victime, avec des omissions diplomatiques – on ne parle pas des enfants qui n'ont pas voulu aller voir leur père au commissariat, on ne s'attarde pas non plus sur le rôle de l'employeur, on drape le tout sous le voile terne du problème de société et on sale avec un peu de drame de la solitude.

Madame Loustalot ne nous adresse plus la parole après le décès de monsieur Leaumes. De toute façon, nous avons pris la décision de ne pas faire de vieux os dans cet immeuble. Anne a obtenu le CDI qu'elle recherchait, nous allons contracter des prêts bancaires, déménager dans la torpeur de l'agglomération, une maison avec trois mètres carrés de jardin, c'est mieux pour Mathilde et les enfants à venir et puis, la pierre, ça enterre la mauvaise conscience.

J'ai lavé la couverture jaune plusieurs fois – elle s'est mise à sentir le fleuri, le printanier. Je l'ai rangée bien au fond de l'armoire, nous ne l'avons jamais ressortie. Nous ne nous servons jamais de couverture, nous utilisons des couettes, la laine donne trop chaud. Celle de monsieur Leaumes a survécu là des années, dans l'obscurité. Elle a connu la naphtaline puis le cèdre qui l'a supplantée. Elle ne m'a pas vu, quelques semaines après l'incident, sortir du tiroir le stylo plume noir à fines dorures, me rendre dans la papeterie de la rue Champeaux et acheter un flacon d'encre noire – un noir profond. Elle ne m'a pas vu écrire la première et la dernière histoire complète de ma vie – et elle ne parle pas de moi, elle raconte madame Loustalot dans son salon, monsieur Leaumes sur le palier et les événements qui ne laissent de traces qu'une fois couchés sur le papier.

C'était un samedi. Je devais rejoindre Anne et Mathilde chez mes parents. J'avais prétexté des copies non corrigées. Les élèves sont des excuses faciles.

L'écriture aussi. Elle permet de ne jamais voir la réalité autrement que biaisée, édulcorée, réinventée. Je n'ai jamais plus rien écrit après cette histoire qui n'était pas de la fiction.

Et jusqu'à aujourd'hui, je n'ai jamais repris entre mes doigts le stylo noir à fines dorures. Je l'ai embarqué ce matin, je l'ai fourré dans ma poche – je ne voulais pas le laisser traîner dans un carton. Mais je voulais l'amener au vide-greniers, lui aussi. Avec la couverture en laine jaune.

C'est drôle, mais en y repensant aujourd'hui, je crois que la pendaison de monsieur Leaumes a été le premier pas de l'éloignement d'Anne. Elle ne s'est pas détachée de moi. Elle a juste arrêté la course en avant, alors que nous foncions ensemble à travers les obstacles du quotidien. Le soir, elle a voulu que nous exprimions ce que nous éprouvions. Je n'ai pas été très disert. Au bout d'un moment, elle a abandonné. Quelques mois plus tard, elle a commencé à parler de l'insatisfaction qu'elle ressentait au sein de l'entreprise, de ses remords, des mots qu'elle bâillonnait et qui restaient étouffés ou coincés dans la gorge. Je hochais la tête, je ne savais pas quoi répondre. Elle aurait pu changer de carrière, mais nous avions besoin de l'argent de son salaire. À moins que. Il fallait consentir des efforts. Le jeu en valait peut-être la chandelle. Je suis resté des nuits sans dormir à compter et recompter, des colonnes de chiffres anticipés, je ne voulais pas lui promettre ce que nous ne pourrions tenir. Je ne lui en ai jamais parlé. Je n'avais pas encore tiré les conclusions quand elle m'a annoncé qu'elle était enceinte de Léo, mes projets nocturnes pour un avenir différent sont tombés à l'eau, nous avons retrouvé la course de haies journalière, faire en sorte que tout se passe bien, que les horaires soient respectés, que les journées filent sans anicroches, le moindre grain de sable fait s'écrouler l'édifice fragile érigé par les parents en vue de protéger leurs enfants de l'instabilité du monde.

Après la naissance de Léo, j'ai senti la distance. Un éloignement sensuel et physique et une absence mentale. J'aurais voulu savoir trouver les mots pour lui faire part de mes inquiétudes, je n'y suis pas parvenu. Chaque fois que je formulais des phrases, elles me paraissaient étriquées, réductrices – et trop amères. Un jour, peu après que Léo fut entré à la maternelle, Anne m'a demandé si je pouvais aller chercher les enfants à l'école le samedi matin – elle avait envie de prendre du temps pour elle. J'ai accepté, bien sûr. Elle en a vite eu assez de ce laps de temps égoïste. Ce n'était pas ce qu'elle recherchait. Elle a discuté avec les responsables d'associations humanitaires qui font le piquet tous les week-ends au marché et qui vendent bénévolement les journaux rédigés par les sans-abri. Elle s'est rendue aux réunions, parfois le soir. Elle a trouvé l'ambiance chaleureuse. Elle s'est épanouie. J'étais content pour elle, je pensais qu'elle avait trouvé un équilibre – les années de maternelle de Léo restent un bon souvenir, malgré les emportements réguliers que j'ai pu avoir envers mon fils. Elle m'invitait de temps en temps aux « séminaires » ou aux

« cénacles », mais je ne l'y ai jamais accompagnée. Pas par manque d'intérêt, non. Je me souvenais des espaces de liberté ferroviaire de ma mère. De ses respirations. Petit à petit, les soirées à l'extérieur ont empiété sur notre vie privée. Anne sortait de plus en plus fréquemment, parce que la maison devenait un étouffoir. C'est elle qui a employé ce mot, « étouffoir ». Elle trouvait que nous ne parvenions plus à communiquer tous les deux, que nos priorités n'étaient plus les mêmes. Elle trouvait que je m'emmurais, que je devenais autiste. Elle n'avait pas tout à fait tort. Il y a quelques mois, au cours de l'une de ces réunions dont elle est progressivement devenue l'organisatrice et au cours desquelles sont débattus l'état du monde et les mille et une façons de le modifier, elle a rencontré un homme, un dentiste, qui venait de passer des années dans le tiers-monde. Un *French dentist* – je ne savais même pas que ça existait.

Un mec bien.

Le jeune homme touche la bordure en nylon de la couverture en laine jaune. Il ferme brièvement les yeux. Il me demande le prix. Je devrais répondre une somme astronomique afin de décourager les velléités – et me résoudre à la garder à mes côtés – mon Jiminy Cricket. Mais je m'entends dire un euro. Un euro symbolique.

Le jeune homme sourit, il la désigne à la jeune fille qui vient de le rejoindre et il dit « regarde, c'est bien ça, non, pour le chat ? ». Elle hausse les épaules, elle ne répond pas. Il prend la couverture. Ils s'éloignent.

J'ai à peine le temps de me tourner vers Fabrice pour lui dire que j'irais bien boire un café qu'une mère s'avance avec sa fille et son fils. Les enfants renâclent. Ils n'ont pas envie de s'approcher de mon stand, ils ont vu de loin qu'il n'y avait rien pour eux. Les anciens jouets et les anciens habits de Léo et de Mathilde, nous les avons donnés ou ils les ont emportés avec eux chez le mec bien.

La mère va directement vers le bob bleu rayé de blanc qui trône à côté des assiettes dépareillées. Je ne pensais pas qu'il trouverait preneur. J'ai un mouvement de réticence – encore. Pour la première fois, je pressens le chemin intérieur tandis que le bob va prendre ses distances. La jeune femme dit sans me regarder qu'elle a oublié les chapeaux à la maison, elle ne pensait pas que le soleil taperait aussi fort dès le matin, quelle heure est-il, neuf heures et demie ? C'est dingue, si ça se trouve, c'est une nouvelle canicule qui commence. Elle parle seule. Elle donne le prix elle-même – cinquante centimes d'euro, ça irait ? Sans attendre de réponse, elle enfonce le bob sur la tête du petit garçon. La sœur est en retrait, elle fait semblant de ne pas être là. La honte anticipée d'avoir à porter ce couvre-chef antique pendant quelques heures. Mais elle est la plus grande et elle a les cheveux longs.

Elle a moins besoin de se protéger. Le petit garçon hurle, la mère s'énerve, « Quentin, ça suffit maintenant ! »

Quentin se calme peu à peu – il reste de gros hoquets et un bob bleu rayé de blanc qui sent le renfermé. Il est beaucoup trop grand pour lui. J'avais treize ans quand on me l'a offert.

Un bob bleu rayé de blanc

C'est mon premier ami, je crois.

Bien sûr, il y a les copains d'enfance, tous ces gens avec lesquels on grandit et qui déteignent sur vous. Les camarades de classe ou de bâtiment avec lesquels on joue au foot dans la cour ou au croquet sur des terrains de fortune, ceux avec lesquels on monte dans les marronniers et on court sur les corniches.

Bien sûr, je me souviens de tous leurs noms et des moments que nous avons passés ensemble. Mais je me souviens aussi de l'imperceptible éloignement, de réflexions lancées par ces prétendus amis et qui, sans raison apparente, se mettent à se heurter aux toutes premières convictions faites de relents de séries télévisées et de premières lectures. Non, je ne pense pas que Danny Wilde soit plus fort que Brett Sinclair dans *Amicalement vôtre*. Non, je ne pense pas que lire des histoires, ce soit uniquement pour les filles. Non, je ne pense pas que Rocheteau soit le meilleur joueur de Saint-Étienne. Je ne crois pas non plus que la musique, ce soit sans réelle importance.

Une affirmation progressive.

Il y a eu une période de flottement durant laquelle je me suis senti assez mal. Je continuais à rejoindre la bande des bâtiments, mais je les regardais avec un autre œil, je n'arrivais plus à rire systématiquement à leurs blagues, je n'avais pas toujours envie de jouer à leurs jeux – et je m'en voulais. Je m'en voulais à la fois de ne plus me sentir le même et de me détacher et je m'en voulais aussi de ne pas leur dire franchement ce que je pensais. Je m'en voulais surtout de ne pas trouver les mots.

Et puis, Christian Lapierre est arrivé dans la classe de quatrième 3 – la mienne. Jusque-là, je ne parlais pas tellement aux autres élèves, j'allais juste au collège parce qu'il fallait y aller et j'étais impatient de quitter l'établissement à cinq heures pour rejoindre la bande des bâtiments – il nous restait une heure à jouer dans la cour avant de remonter pour les devoirs, le bain, le repas – toutes ces activités qui empiètent sur le quotidien et le transforment en plat tout préparé – un hachis Parmentier de temps.

Christian Lapierre venait de Bretagne – de l'autre côté de la France, pas loin de cet océan que je n'avais vu qu'en cartes postales, nous, on allait plutôt à la montagne, c'était moins cher, et même si on avait choisi la mer, on aurait viré plus au sud, en Bretagne, il pleut tout le temps et c'est une région triste à mourir.

En anglais, j'étais tout seul à une table de deux. Avant, j'étais à côté de Caroline Pagis, mais il paraît que nous avions copié pour l'interro sur les verbes irréguliers, ce que nous avions formellement démenti avec force cris et vociférations alors que, curieusement, nos deux copies identiques affichaient le même nombre d'erreurs similaires, et la prof, excédée, avait décidé de nous changer de place. Caroline Pagis s'était retrouvée à côté de Francis Collard, et ce n'était pas une réussite parce que, depuis, elle écoutait encore moins que lorsqu'elle était à côté de moi, ils passaient leur temps à se faire les yeux doux et à rigoler ensemble. Moi, j'étais resté tout seul, une énigme au troisième rang. Christian Lapierre s'est installé à côté de moi avec un petit sourire contrit. Il n'a occupé qu'un tiers de la table – il me laissait savoir que j'avais l'antériorité et la préséance. J'ai apprécié.

La première fois qu'il a répondu à une question, j'en ai été soufflé. Je n'étais pas le seul. Christian Lapierre parlait un anglais parfait. Il n'avait aucun mérite – sa mère était britannique et il passait des étés entiers dans un coin qui s'appelait le Lancashire. J'ai eu un mouvement de révolte. Déjà qu'on m'avait piqué Caroline Pagis, il fallait qu'on me colle un fayot de première comme voisin de table.

J'ai décidé, comme tous les autres, de ne pas lui adresser la parole. Il a passé un début d'année effroyable. Mais il n'en a jamais rien montré.

C'est pendant les vacances de la Toussaint que les choses ont évolué.

Mes parents étaient partis pour la journée. Ils m'avaient laissé de quoi déjeuner dans le frigo. Il faisait un temps atroce – une pluie mêlée de grêle. Il n'y avait personne dans la cour et je n'avais pas envie de faire la conversation dans les familles de la bande des bâtiments. Il y aurait sûrement des disputes entre les frères et sœurs, des mères énervées qui se mettraient à hurler, des commentaires sur la chaîne de télévision qu'on allait choisir. J'ai ouvert le journal et je suis tombé sur la page cinéma. On était mercredi. J'ai vu le titre d'un film policier, je me suis dit, tiens, pourquoi pas. J'ai pris l'argent que me donnaient mes grands-parents paternels tous les trois mois, j'avais même de quoi acheter un disque en sortant – j'allais me faire un après-midi au centre-ville, cela ne m'était jamais arrivé.

Je me souviens de l'excitation au moment du départ – l'impression de tourner une page et de prendre ma liberté – celle de décider, pour la première fois de ma vie, quelque chose de moi-même.

Je n'ai pas prévu la queue au guichet – une queue impressionnante. Je me dis qu'il va me falloir attendre près d'une demi-heure sans être sûr de pouvoir entrer. Je sens toutes mes envolées libératrices plonger en quelques minutes. En plus, il recommence à pleuvoir. Je suis sur le point de renoncer au cinéma – je vais aller faire un tour dans les magasins du centre-ville, sous la pluie, regarder les disques et peut-être les livres, j'attendrai que le temps passe. Je reviendrai à l'appartement totalement déprimé.

C'est à ce moment-là qu'il se plante devant moi, deux tickets dans la main, et qu'il sort « je me suis dit que tu risquais de ne pas avoir de place ». Je revois son visage à cet instant. Il n'est pas rayonnant. Il est extrêmement concentré et sérieux. Il fixe un point en dessous de mes épaules. Je suis gêné mais je le remercie. Je ne peux pas lui avouer à quel point il me sauve la vie.

C'est l'histoire d'un flic dur à cuire qui s'est rangé des voitures mais qui revient pour une dernière enquête parce que son meilleur ami s'est fait liquider par une bande de mafieux. Les dialogues sont affligeants et les acteurs nuls, l'histoire tient à peine debout et les poursuites en voiture tiennent lieu d'intrigue. Même à treize ans, je peux percevoir à quel point tout est mauvais. Mais c'est le meilleur film que j'aie jamais vu.

À la sortie, Christian Lapierre et moi, nous nous laissons dépasser par les flots de spectateurs et leurs commentaires. Nous ne savons pas trop quoi faire de l'autre. Je lui demande s'il a envie d'aller regarder les disques dans les magasins, il est d'accord, nous nous mettons en marche. Je ne sais pas pourquoi je lui dis que c'est la première fois que je vais au cinéma seul – et je me mets à raconter la bande des bâtiments, les parents et l'ennui depuis quelque temps. Je me sens ridicule. Il va croire que je suis un moulin à paroles. Il ne prononce pas un mot. Il écoute. Et puis il bifurque avant le magasin de disques et il m'emmène dans un bar. Nous n'avons pas le droit d'y aller, nous avons moins de seize ans, mais personne ne nous fait de remarque. Je commande un Coca et lui un café. Je suis impressionné. Je ne bois jamais de café. Je regarde les passants qui se hâtent dans la rue – une nouvelle averse vient d'éclater.

Il parle du déménagement – des déménagements constants. Des mutations successives de son père. Monsieur Lapierre occupe une fonction importante dans une grande entreprise, mais il a signé ce qu'on appelle un contrat de mobilité et chaque fois qu'on lui demande de changer de ville, il est obligé de suivre. Sa mère ne travaille pas, elle aimerait, en fait, mais à peine a-t-elle le temps de s'habituer à un endroit qu'il faut à nouveau bouger. Cela la rend un peu fragile des nerfs. Il parle de sa mère comme d'une sorte de plante exotique, un citronnier dans le Nord. Il me demande si j'ai des frères et sœurs. Non. Lui non plus, il en a souvent réclamé mais il n'a jamais eu de réponse. Il dit que je pourrais venir chez lui un de ces jours, il a une grande maison, il y a même une piscine. Il ajoute qu'il échangerait bien tout ça contre un peu de stabilité. L'année dernière, il était à Brest, il n'est pas breton en fait, il vient juste de Bretagne. Il pense que sa mère va bientôt retourner habiter dans le Lancashire, parce qu'elle dit que ce n'est pas une vie, ce qu'elle vit.

Il raconte tout ça d'un ton un peu monotone – en serrant les lèvres. J'entends la radio qui s'époumone sur *Le freak, c'est chic*. Je pense à l'appartement qui sent l'encaustique, à la sortie du dimanche au marché et aux promenades en forêt. Je ne vois pas Christian Lapierre dans le décor. Je cherche. Je propose plutôt que d'aller chez l'un ou chez l'autre de nous retrouver en terrain neutre.

En ville tous les mercredis après-midi. À quatorze heures devant les cinémas. On trouvera bien quelque chose à faire – et puis ce sera loin de toutes les familles.

Il relève la tête et il me sourit. Il dit que c'est une bonne idée.

Je passe une année de quatrième extraordinaire.

Petit à petit, je coupe les ponts avec la bande des bâtiments et elle ne résiste pas à mon départ – il y avait déjà des frictions et des confrontations, elle se scinde en deux puis en trois – parfois un des membres vient me voir pour me confier tout le mal qu'il pense des autres, mais moi, je ne me mêle pas de ça. Sous l'impulsion de Christian Lapierre, ses disques, ses magazines et son accent, je deviens un très bon élève en anglais, la langue s'enroule et se déroule dans ma gorge, une façon de devenir quelqu'un d'autre. J'enseigne à Christian Lapierre les rudiments de la mobylette et le nom des joueurs des équipes de foot. Christian Lapierre m'enseigne le rock, le punk et le crawl – je n'ai jamais été bon en natation.

Nous nous retrouvons souvent à la bibliothèque municipale. Nous allons dans la salle de lecture et nous nous plongeons dans les revues spécialisées de musique et de cinéma. Parfois, nous nous aventurons dans les rayons des romans et nous lisons les quatrièmes de couverture. De temps en temps, je sors avec un livre. Une histoire de vitrier de gratte-ciel à New York ou d'auto-stoppeur en Europe de l'Est. Nous nous rendons ensuite chez un buraliste et nous achetons un paquet de Benson dorées ou de Rich and Light, parce que ça fait plus anglais – et nous essayons de subtiliser les revues érotiques. Nous n'y sommes parvenus qu'une fois. Nous avons cherché l'endroit le plus adéquat pour la planquer par la suite – ma chambre était la plus appropriée, parce que, chez lui, les gens qui font le ménage fouillent absolument partout, la poussière n'a aucun secret pour eux – et lui non plus. La revue avec cette fille blonde qui montre ses seins est cachée dans une pochette en plastique sous mon sac d'école, juste au-dessus du livre d'anglais dans lequel Michael et sa sœur partent en voyage aux États-Unis et prétendent que c'est *« smashing »* mais s'exclament *« how polluted it is ! »* – ce qui a toujours le don de faire rire Christian Lapierre. C'est devenu un code entre nous.

Smashing – but how polluted it is !

Nous déteignons. L'un sur l'autre. Nous commençons à acheter exactement les mêmes albums et à prendre les mêmes tics – cette façon de commencer une phrase en se raclant la gorge, histoire de se donner du temps et de l'importance, et de ponctuer nos phrases de « plutôt », « c'est plutôt bien », « c'est plutôt amusant », histoire de faire ceux qui ont du recul et qui tempèrent.

Il est venu chez moi une fois quand mes parents étaient au travail – il y a eu de l'hostilité dans la cage d'escalier et un coup de fil anonyme – la bande des bâtiments s'est dissoute mais elle refuse d'être totalement abandonnée. Je suis allé chez lui un mercredi après-midi mais mon maillot de bain semblait détonner et la mère de Christian Lapierre avait préparé un goûter pour quatre ; elle en était à son troisième martini-gin. Je ne l'ai regardée qu'une seule fois dans les yeux. Christian Lapierre était extrêmement nerveux.

Dehors, c'était mieux. Le dehors efface les marques sociales – le dehors est un espace de liberté – la famille est une prison.

Évidemment, il y a parfois des quolibets au collège, des « eux, ils sont toujours ensemble, ils doivent coucher », des « pédés » qui traînent, mais dans l'ensemble, on nous laisse tranquilles. C'est à cause du magazine érotique que j'ai apporté une fois et sur lequel tous les garçons se sont jetés – et aussi parce qu'on sait que j'ai fait partie de la bande des bâtiments. Les filles commencent à s'intéresser à nous. Elles veulent savoir si nous sommes libres l'après-midi, elles nous demandent notre avis sur les films que nous avons vus, elles se débrouillent pour se faire aider en anglais. Christian Lapierre a beaucoup plus la cote que moi, parce qu'il a des yeux bleu-gris qui font fondre. Je me tiens un peu en retrait, un peu plus gauche, avec un reste de brusquerie que je n'arrive pas à gommer parce qu'au fond, j'en suis assez fier. Je suis un gars des bâtiments aussi; je ne serai jamais un gentleman accompli. Il y a un zeste de Danny Wilde dans les manières de Brett Sinclair.

Un samedi, c'est le mois de juin – Christian Lapierre m'a demandé si je voulais aller au lac en vélo. Nous avons fait quinze kilomètres sous un soleil de plomb. Il porte une sorte de bob bleu rayé de blanc, ce serait ridicule sur la tête de n'importe qui d'autre, mais sur lui, c'est élégant. Moi, j'ai ma casquette en jean, comme d'habitude. Il y a du monde sur la plage, nous regardons les gens qui se baignent et Christian Lapierre dit d'un seul coup qu'il va partir à la fin du mois.

Sur le moment, je ne comprends pas. Je demande où il va en vacances. Il répond qu'il ne parle pas des vacances. Les enfants dans l'eau font un bruit insoutenable. Le soleil est devenu trop violent. Je mets ma main en visière.

Je me retire – c'est ma marée basse. Il est resté sur le sable et il explique – j'entends ses mots comme étouffés – encore une mutation, Nantes cette fois-ci, il n'en a pas envie, mais il est obligé de suivre et sa mère aussi, à moins qu'elle n'aille dans le Lancashire et qu'il ne parte avec elle parce que ce n'est pas une vie. Il se mord les lèvres – je le vois du coin de l'œil. Il dit que dans cinq ans, il sera majeur et qu'il habitera où il veut, il viendra s'installer ici ou alors à Londres, c'est ça, nous habiterons à Londres ensemble dans le même appartement et ce sera comme si rien ne s'était passé et en plus, on va rester en contact, il faut que tu viennes me voir à Nantes, on aura une maison plus grande, je te paierai le billet de train, deux semaines par an plus des week-ends et puis on se téléphonera tous les soirs et on s'enverra des lettres.

Je ne sais pas ce qui me prend.

Je replie mes affaires à la hâte, sans dire un mot, et je cours jusqu'au vélo, il est derrière moi, il me touche l'épaule, je lui balance un direct dans le foie et je ne regarde pas derrière moi, j'enfourche la bicyclette, je roule en sens inverse, je reviens vers mes rivages, mon quartier, mon milieu – à la moitié du trajet je me mets à chanter n'importe quoi, c'est pour éviter que les larmes coulent, je le sais, alors toutes les pires chansons du moment y passent, je ne connais pas le tiers des paroles, mais je hurle, je beugle jusqu'à ce que le cerveau se vide.

Je change ostensiblement de place en cours d'anglais pour les deux dernières semaines. Je ne réponds pas aux questions des professeurs. Le 29 juin, c'est le dernier jour de cours et Christian Lapierre n'est pas là. Je me retrouve au centre d'un groupe d'élèves. Je raconte qu'en fait, le samedi, au lac, il m'a dragué et qu'il m'a dit des tas de trucs dégueulasses, tout le monde lance des « oooh » parfois accompagnés de « je te l'avais bien dit ». Je me fais plein de nouveaux copains et les filles se rapprochent de moi. Je suis peut-être moins beau, mais au moins, je suis honnête et elles ont une chance avec moi.

Dans la boîte aux lettres, le 30 juin, il y a un paquet à récupérer à la poste. Je ne veux pas y aller mais je m'y rends quand même. Dans la grande enveloppe brune, pas de mot, pas de lettre – juste une adresse et le bob bleu rayé de blanc. Je reste un long moment avec ce chapeau ridicule entre les mains, je ne sais pas quoi faire de ma vie.

À un moment, pendant l'été, je demande à mes parents s'ils m'autoriseraient à aller à Nantes en train, ils me regardent comme si j'étais cinglé et mon père ajoute qu'ils n'ont pas les sous pour – quand je travaillerai, je pourrai faire ce que je voudrai. Je ne fais aucune réflexion. Je le savais de toute façon.

À d'autres moments, j'écris des débuts de lettre, j'espère que tu vas bien, ici, tout va bien – deux lignes et puis plus rien, qu'est-ce que je pourrais ajouter, je suis allé trop loin dans le mensonge.

C'est un été que je passe à la piscine découverte avec mes nouveaux amis. Nous nous moquons copieusement de Christian Lapierre.

Christian Lapierre n'écrit ni ne téléphone jamais – cela reste une cicatrice profonde, de plus en plus profonde au fur et à mesure des années parce qu'elle sédimente la honte et le regret. Elle s'ouvre en silence au moment où je m'y attends le moins, lorsqu'on me serre la main avec une effusion particulière ou lorsqu'on me remercie de ma présence.

Il y a quelques mois, je suis allé faire un tour sur les moteurs de recherche internautes – j'ai entré le nom de Christian Lapierre mais c'est un nom finalement très répandu. J'ai trouvé des tailleurs de pierre, des artistes de rue, des gynécologues, des ouvriers du bâtiment et même un romancier dont je n'ai jamais lu les ouvrages. Trois mille deux cent soixante-dix-huit réponses faisaient écho à ma demande – j'ai éteint l'ordinateur.

Le bob, j'ai toujours su où il était. Dans une boîte à chaussures anonyme, dans une armoire de mon bureau – chaque fois que je m'y asseyais, j'étais à moins de deux mètres de lui et je pensais parfois à cette proximité. Je n'imaginais pas l'apporter au vide-greniers, très honnêtement. Cela s'est fait au dernier moment – juste après le coup de klaxon de Fabrice. J'ai vu sa silhouette se profiler dans la cour et je me suis dit ce n'est pas juste envers lui – c'est comme cela que je l'ai formulé. Si je nettoyais la place d'Anne et des enfants, alors il fallait que je blanchisse aussi les fantômes. J'ai sorti le bob de la boîte à chaussures orpheline, qui doit sa survie de presque trente ans à un chapeau d'été, et je l'ai posé à la hâte sur le dernier carton.

Je regarde le petit garçon qui continue de brailler – le chapeau lui arrive presque à la bouche. La mère se rend compte de son erreur et le lui retire. Je me prépare à recueillir le faux départ, le bob prodigue – elle va me le rendre et me demander ses cinquante centimes d'euro. Elle hésite, et puis elle hausse les épaules, elle enfonce le bob sur sa tête. Le petit garçon cesse immédiatement de pleurer. Il regarde sa mère avec des yeux ronds puis il commence à rire – et sa sœur lui emboîte le pas. Elle dit « oh, tu ne vas pas mettre ça – tu es tellement... enfin... » et la mère feint de s'offusquer, « comment, un si beau chapeau, je ne vais pas le laisser perdre ! ». Elle zézaye et esquisse quelques pas de danse, les enfants s'esclaffent, des passants sourient, le bob bleu rayé de blanc s'échappe dans les rires – je suis effaré – je n'ai jamais su le faire rire en trente ans – finalement, j'ai eu raison de le libérer de mon étreinte tacite, il est beaucoup mieux avec ses nouveaux propriétaires.

Fabrice a levé les yeux du livre – il reste captivé par les enfants qui rient et la femme qui danse. Je lui dis qu'il peut les rejoindre s'il veut, il lève les yeux au ciel. Il regarde l'horloge de la cathédrale. Il dit qu'il va rentrer s'allonger un peu si ça ne me dérange pas trop. Il est épuisé. Il reviendra tout à l'heure – on mange ensemble, hein ? Mais si ça t'ennuie que je parte, dis-le-moi, tu es sûr que je peux te laisser te débrouiller tout seul ?

J'en suis certain – je ne suis pas seul.

Je ne pensais d'ailleurs pas être aussi peuplé.

Bien sûr, en touchant les étoffes, en effleurant les métaux et en caressant les papiers, au moment de la mise en carton, il y a eu des odeurs et de brèves sensations, mais je ne pensais pas que le départ des objets sonnerait l'ouverture de mes vannes – et tous ces détails qui me sautent aux yeux comme une poudre de réalité. Au moment où Anne me congédie et où mes enfants font de moi une statue de cire, je me découvre une vie colorée et violente. Sous la poussière, je bouge encore.

Je commence à m'amuser.

Je regarde les objets les uns après les autres et je leur adresse des messages silencieux – ah non, vous ne m'aurez pas, je vais prendre les devants, voyons, cet éventail, il me rappelle quoi ? Il n'y a pas eu un séjour en Espagne sous le joug franquiste ? Et ce vase ? Un championnat de gymnastique ?

Je m'amuse, mais je dois bien reconnaître que disposés ainsi, ils ne me parlent pas, aucun mot, aucun son. Je décide de les changer de place, d'essayer de nouvelles harmonies, des ordres chronologiques ou chromatiques. Mes voisins de stand m'observent avec suspicion. Ils pensent que c'est le soleil. Je n'aurais pas dû vendre ce bob antique – il pouvait encore me servir.

Je prends un peu de recul pour juger de l'effet d'ensemble et entendre les murmures éventuels. Personne ne peut imaginer à quel point le cœur s'est mis à battre dans la gorge ni à quelle chaleur le sang circule dans les veines. C'est une montée en puissance, une joie profonde – je suis plusieurs – je me suis trompé sur toute la ligne.

Pourtant, il faut bien me rendre à l'évidence – les objets – mes objets – refusent de m'adresser la parole. Ils restent là, muets et vaguement dédaigneux, ils haussent les sourcils, détournent leurs anses, se recroquevillent sous leurs pochettes. Ils se renfrognent.

Ce n'est qu'au moment du départ qu'ils se réveillent. Lorsque de nouvelles mains viennent à les toucher et qu'ils connaissent de nouvelles extases, alors soudain, ils se tournent vers moi avec des yeux affolés, coincés entre plaisir et frayeur, ils veulent tout à coup communiquer, murmurer, hurler, faire entendre leur voix. Ils me racontent notre histoire ensemble, ils disent, voilà, c'est fini, ne me retiens pas, je garde avec moi ces quelques instants et toutes ces années enfouies, j'aurais pu donner encore beaucoup si tu ne m'avais pas enfermé dans ce carton.

Entre les bras des autres ou sur leur tête, enserrés dans leurs doigts ou posés sur la poitrine, ils m'adressent leurs adieux.

Et maintenant, c'est au tour du cadre rouge en bois peint.

Enfin.

Une femme d'une trentaine d'années le caresse. Ses mains et ses bras sont d'un brun léger – quelques après-midi sur les rives d'un lac. Le cadre est longtemps resté en ma compagnie. Des années de photographies, des hivers en instantanés – je ne veux plus d'images, je n'ai plus assez de bons points.

Un cadre rouge en bois peint

Je l'ai toujours connu, le cadre rouge en bois peint – je ne sais même pas si c'est comme ça qu'il faudrait le définir, c'est juste la façon qu'avaient mes parents de le décrire. Il paradait au-dessus de la cheminée qui ne fonctionnait plus, au milieu du salon. C'était sur le manteau de la cheminée aussi qu'on entreposait tout ce pour quoi il n'y avait pas d'autre place – clefs, monnaies usagées ou venant d'autres pays, cartes postales signées de connaissances – ces cartes qu'on ne pouvait décemment pas jeter mais qu'on ne voulait pas vraiment garder non plus, parce qu'il y avait une boîte spéciale, en métal blanc, pour les lettres importantes. Régulièrement, ma mère disait « il faut ranger le dessus de la cheminée, c'est un chantier, on ne s'y retrouve plus » et elle fourrageait, se décidait à jeter quelques pièces, à déplacer un souvenir du Jura ou à mettre de côté une carte d'électeur périmée. Elle soupirait et grognait un peu, et puis, tout d'un coup, son attention était captée par un autre endroit de l'appartement ou par une voiture dans la rue – elle oubliait l'objectif premier et la cheminée respirait.

Le cadre rouge est arrivé lors d'un de ces moments de rangement – je devais avoir six ans – elle a décidé ce jour-là que les photographies ne pouvaient se trouver que dans des albums plastifiés avec des couvertures aux motifs de feuilles d'automne ou dans des cadres. La première photo à se nicher dans le cadre rouge en bois peint – ce fut moi. Moi, au CP – avec une petite blouse verte et jaune et, sur une ardoise que je tiens dans la main droite, mon nom, ma classe, le nom de l'école. Ce jour-là, on m'avait mis de la laque Elnett, ce long tube doré sur lequel est dessinée une femme aux cheveux ondulants, j'avais essayé de me débattre mais ma mère m'avait coincé solidement sur ses genoux. J'en aurais pleuré de rage. Je cocottais à cent mètres et je m'attendais à me faire moquer de moi par tous mes camarades. Mais ce jour-là était un jour spécial. Tout le monde était laqué de frais. Il traînait dans les couloirs une odeur de coiffeur et de savon de star.

Nous passions à la chaîne, et nous ne devions pas faire de bruit dans les couloirs. Le directeur était là, il veillait au grain et la première oreille qui dépassait se faisait presque décoller. Certains de mes congénères, ce jour-là, avaient les oreilles rouges et des yeux de cocker. D'autres ne parvenaient pas à faire disparaître l'inquiétude dans leur regard. Parce que pour être inquiets, nous étions inquiets.

C'était notre premier examen. Comme lorsque nous irions, à la fin de chaque trimestre, montrer notre carnet de notes au directeur et qu'il nous fixerait de son regard de tueur – les genoux qui tremblent et la boule dans la gorge.

Il en est resté un cliché étonnant – j'essaie de sourire, mais mes yeux s'échappent vers la porte de sortie – je suis là et pourtant je suis ailleurs – mes mains sont posées l'une sur l'autre mais on devine leur nervosité.

Mes parents n'ont fait aucun commentaire sur la photo. Je ne sais même pas s'ils l'ont réellement regardée. Il leur fallait une photo, un point c'est tout. Dans tous les appartements voisins, sur les fausses cheminées, il y avait des instantanés scolaires et la phrase du photographe en suspens, « on ne bouge plus » – les muscles se raidissent, les mâchoires se contractent en un joli rictus.

Le lendemain, ma mère a retrouvé dans les affaires du grenier le cadre rouge en bois peint, sorti d'on ne sait où – et je me suis retrouvé prisonnier sous le verre, les yeux en fuite et le sourire en esquisse.

Souvent, dans la journée, je restais en arrêt devant ce portrait immuable. Le temps passant, il s'est mis à me déranger. Je m'évitais et souvent, je baissais les yeux. Chaque fois que des camarades venaient jouer à la maison, je cachais le cadre rouge en bois peint. Chaque fois qu'ils s'en allaient, je le remettais en place. Il m'est arrivé de vouloir le briser, je ne l'ai jamais fait.

Entre-temps, le cadre vivait sa vie. Il était devenu incontournable. « Chérie, est-ce que tu sais où j'ai mis les clefs de la voiture ? – Tu as regardé à côté du cadre rouge en bois peint ? » « Maman, je ne trouve plus la boîte de pois sauteurs de *Pif Gadget* ! – Elle doit être derrière la carte postale de monsieur Thuot, près du cadre rouge en bois peint. »

Petit à petit, il a détrôné la cheminée.

Un jour, j'avais douze ans, une cousine est venue passer un dimanche à la maison avec ses parents. Elle n'a pas arrêté de me comparer au portrait du CP. Ce soir-là, j'ai dit à mes parents que ce n'était plus possible, que je ne voulais plus me voir en photo. Ma mère en a eu les larmes aux yeux. Mon père a froncé les sourcils. Mais le lendemain, le cliché avait disparu.

Pas le cadre rouge en bois peint.

À ma place, il y avait une photo de vacances – mon père et ma mère à Saint-Nizier-du-Moucherotte dans les Alpes, sous un pylône électrique – et moi, en culottes courtes bleues, avec des baskets à bandes noires, en train de caresser un berger des Pyrénées qui n'avait rien à faire dans cette partie-là de la France et qui s'appelait Major. Major le chien. La photo avait été prise quatre ans auparavant. J'avais huit ans. J'ai senti le découragement me gagner. Je n'ai fait aucun commentaire. Ce jour-là, pour la première fois, je me suis promis de quitter cet univers dès ma majorité.

Le cadre rouge en bois peint, c'est une prison.

Alors, je ne sais pas pourquoi j'ai accepté qu'il se mette à traîner sur le manteau de la cheminée de notre premier appartement. Un dimanche, nous sommes allés manger chez mes parents, Anne et moi. Mathilde venait de naître. Je me souviens qu'Anne avait du mal à regarder notre fille – le trop-plein d'émotions l'obligeait souvent à détourner les yeux. Moi, je ne voyais que Mathilde. Je murmurais toutes les promesses et toutes les protections. Lorsque nous sommes partis, ma mère était attendrie, ce qui ne lui est que très rarement arrivé dans sa vie. Nous étions sur le perron. Elle a serré longuement Anne dans ses bras, elle a même essuyé une larme, et je me souviens d'avoir jeté un coup d'œil à mon père, qui observait la scène, les bras croisés et l'air perplexe. Et puis ma mère est rentrée précipitamment dans la maison et elle est ressortie avec le cadre rouge en bois peint – elle avait retiré la photo de Major le chien – elle l'a donné à Anne, je portais Mathilde. Elle a dit « c'est pour tous les moments à venir ».

Dans la voiture, Anne a gardé le cadre dans ses bras, elle avait les yeux dans le vague. Lorsque je lui ai dit que nous pouvions le jeter sans aucun problème, elle a eu un air affolé puis offusqué.

C'était un magnifique cadeau. Rien à voir avec le retourne-omelette que mes parents lui avaient offert à son anniversaire. « Ce cadre, tu comprends, c'est quelque chose de fort, de familial. C'est une transmission. Une reconnaissance. »

Je crois que je n'ai jamais compris la portée du cadre rouge en bois peint.

Alors, il a continué à me narguer – mais chez moi, désormais. D'abord, il y a eu les photos de Mathilde bébé, Mathilde avec une tétine dans la bouche, Mathilde à la plage, Mathilde avec les zagneaux, puis se sont superposées celles de son frère Léo – Léo aux jeux, Léo dans le sable, Léo avec les zoies.

Nous n'avons pas remplacé les photos les unes par les autres – nous nous sommes contentés d'empiler. À la fin, on ne distinguait plus qu'une oreille de l'aînée, un doigt de pied du cadet, un bec de canard et un museau de mouton.

Lorsque Anne est partie, il y a quelques mois, elle m'a demandé si elle pouvait prendre les photos – j'ai haussé les épaules. Elle pouvait emporter ce qu'elle voulait. Elle m'a laissé le cadre.

Depuis, je n'ai rien mis dedans.

J'ai hésité – bien sûr. Il me restait un instantané de Léo que j'aime bien, il a un air un peu buté, le regard vaguement menaçant et un blouson de cuir beaucoup trop grand. Un autre de sa sœur, un livre sur les châteaux forts à la main, elle semble un peu perdue, comme au milieu d'une ville étrangère. Encore un autre d'Anne dans une soirée, elle rit, elle vient de m'apercevoir derrière l'objectif – je la fais encore rire à ce moment-là.

Je suis resté un long moment avec les trois photos dans la main – je me suis aperçu qu'il n'y en avait aucune de nous quatre ensemble – l'un de nous toujours occupé à immortaliser les instants. Et puis, ce groupe de quatre ne ressemblait plus à rien et il n'y aurait eu aucune raison pour qu'il trône dans le salon.

C'est l'un des premiers objets que j'ai mis dans les cartons – celui-là, vraiment, je ne peux plus le voir. Mes cadres ont explosé – mes copeaux de bois ont rejoint une nouvelle demeure.

Celui-là, je sais qu'il ne me parlera pas au moment du départ. Nous sommes en froid – il ne me jettera même pas un regard, trop content de gagner une place d'honneur dans une nouvelle demeure – celle, peut-être, de cette jeune femme qui s'approche en fronçant les sourcils. Elle le soulève, le soupèse, elle semble dubitative. Elle demande s'il est très vieux – je fais la moue, je réponds que probablement, puisqu'il était dans le grenier de mes parents. Elle le repose, elle le reprend – le prix ? Quatre euros. Elle semble surprise. C'est plus qu'elle ne pensait. J'ai dit quatre parce que nous étions quatre – alors, le chiffre me semble juste. Elle se recule un peu – s'en empare à nouveau – c'est ce rouge à la fois foncé et patiné qui l'attire – elle me tend un billet de cinq – je lui rends la monnaie. Le contact de sa peau me trouble un instant. Je remonte jusqu'au visage. Le menton – un ovale discret. La peau – entre le rose et l'orange. Le nez – un peu trop marqué – un partage de territoire. Les cheveux qu'elle a tenté d'amadouer mais qui restent insensibles aux ordres et aux injonctions – ils descendent en cascades et viennent manger les joues et la naissance du cou. Les yeux, enfin. Les yeux, bien sûr. Un vert teinté de jaune – la fatigue ne s'y fait pas sentir. Elle a au moins dix ans de moins que moi. Elle remarque mon trouble. Le sourire se dessine. Les paupières s'abaissent lentement. Je l'imagine au moment de la montée du désir – un ogre qui rugit dans tous les membres et la laisse ébahie, presque suffocante.

Elle s'en va – et c'est moi qui suis à terre.

Serait-il possible que les êtres de chair me fassent encore vibrer ? Serait-il possible de me figurer encore, nu, dans des draps froissés, à côté de corps étrangers ? Serais-je encore capable d'emplir des greniers, des caves, des pièces entières – de construire ?

La jeune femme s'éloigne avec légèreté – elle ne peut pas savoir qu'elle vient à la fois de m'atterrer et de me rendre lumineux. Elle ne peut pas savoir que je passerai le reste de ma vie à ses côtés, quand bien même je ne la croiserais plus jamais.

Je suis content que Fabrice soit rentré chez lui – je n'aurais voulu entendre aucun commentaire de sa part.

Je me demande ce qu'il va devenir quand je vais partir.

La phrase m'a frappé de plein fouet et j'ai senti des rougeurs me monter aux joues. J'ai eu un mouvement de recul perceptible et mon voisin immédiat, sur l'emplacement 109, m'a fait un signe de la tête et a dit « une guêpe ? Faites attention, il y en a toujours beaucoup par ici, on n'a jamais vraiment compris pourquoi ».

Une guêpe.

Je ferme les yeux – je reformule la phrase – « quand je vais partir » et aussitôt une autre se colle « je vide mon grenier avant de quitter la ville », c'est comme un état des lieux, ce regard balayant l'appartement dans lequel on a vécu quelques années et qui est retourné à son état initial, la vacuité, avec, çà et là, de légères traces de son passage. Généralement, on est avec un agent immobilier silencieux qui tente de se faire oublier dans les tout derniers instants, il connaît le poids émotionnel de cet ultime tour d'horizon, il en a vu pleurer plusieurs, il irait même jusqu'à vous serrer dans ses bras, mais il se retient.

Ainsi donc, je vais partir.

Je vais à nouveau laisser cette ville qui m'a vu grandir – je vais m'absenter. Des chiffres se mettent à défiler mentalement, et puis aussi des années, les années à venir. Dans un déluge de couleurs, je vois les devantures de magasin changer d'enseigne, les façades qui se font et se défont, les visages qui se plissent et se creusent – lorsque je reviendrai ici, j'aurai cinquante, soixante ans peut-être. Fabrice aura l'âge que j'ai aujourd'hui, et même peut-être un peu plus – son physique de jeune premier filiforme se sera alourdi et des pattes-d'oie auront poussé au coin de ses yeux – nous ne nous serons jamais revus, parce que les amitiés masculines sont poussives. On se promet de s'écrire, de se téléphoner, de passer ensemble des week-ends de folie et des semaines de délire et puis au bout du compte, cela n'est jamais possible – il y a des empêchements.

Ainsi donc, je veux partir.

Je détache mon parachute, je me déleste du trop-plein – tant qu'à tomber, autant que la chute soit belle à en mourir. Je vais remplir des dossiers d'expatriation, écrire des lettres de motivation, rédiger des CV pour des postes à l'étranger. Et quand bien même je ne trouverais rien – alors je supplierai pour la mise en disponibilité, une parenthèse de quelques années.

Avec l'argent de la vente de la maison et le partage de nos économies, j'aurai suffisamment pour vivre en retrait pendant six mois et vivoter un an encore – le temps de me retourner. Je ne resterai pas dans ce pays. Plus jeune, je récitais parfois des noms étrangers pour m'endormir. Valparaiso. San Francisco. Macao. Les noms en « o » m'ont toujours plu. Ils me berçaient. Il y aura peut-être de la place pour mes capacités dans les écoles australiennes ou dans les camps de réfugiés africains. À moins que je ne plaque tout pour monter un bar-restaurant près d'une plage, en Amérique du Sud. Je travaillerai dur. Je me coucherai tard et jamais seul. Je recommencerai une vie.

Et même si je n'y parviens pas, quelle importance ?

Ce qu'il me faut, c'est laisser la place vacante quelque temps, manquer. Manquer de tout et manquer à tous. Au moins à ceux qui m'accompagnent ou m'ont accompagné. Qu'ils décrochent leurs téléphones et que les numéros sonnent dans le vide. Qu'ils apprennent au détour d'une conversation que, tu ne sais pas, mais si, je te jure, comme ça, du jour au lendemain, sans prévenir personne, il a juste laissé un mot à ses enfants en leur disant qu'ils n'avaient rien à voir dans tout ça.

Les enfants.

Au lieu de rechigner le dimanche sur deux à venir passer la journée chez papa qui n'a pas tous les jeux électroniques qu'il faut avoir, ils se relèveront la nuit et poseront le front sur la fenêtre, ils regarderont le jardin dentaire et ils se demanderont où il dort ce soir, le père, espèce de lâcheur, de mal-aimant, égoïste – qu'est-ce qu'il voit de sa terrasse, je veux voir ce qu'il voit, je veux partager son quotidien.

De temps à autre, j'enverrai des cartes postales qui diront que je vais bien – des cieux chargés de nuages sur l'océan, des villes perdues dans les montagnes – quelques photos pour mesurer les changements physiques. J'indiquerai seulement que je ne veux pas de ces clichés dans un cadre – aucun cadre.

À un moment donné, une invitation.

Léo aura dix-huit ans, sa sœur vingt-deux – j'attendrai leur arrivée dans un aéroport andin – je ne saurai pas s'ils auront décidé de venir – je serai là, à me dandiner d'un pied sur l'autre – j'aurai envoyé les billets d'avion – je n'aurai pas eu de réponse – ils ont leur vie à vivre et je les ai abandonnés – s'ils ne sortent pas de l'aérogare, je n'aurai à m'en prendre qu'à moi – je brandirai un petit carton, leurs prénoms inscrits dessus – je serai vieux.

Des nouvelles de leur mère.

Je demanderai des nouvelles de leur mère, bien sûr. Elle sera sans doute séparée de son réparateur dentaire – une relation plombée. Elle aura elle aussi vidé ses greniers et elle ira d'une solitude à l'autre. Elle m'aura envoyé quelques lettres – d'abord très administratives, les affaires courantes qui nous resteront encore, des phrases brèves. Et puis un soir, les enfants vaqueront à des occupations à l'extérieur, elle aura pris un livre sur l'étagère puis elle l'aura reposé. Elle aura regardé les feuilles A4 sur le bureau de Léo – et sans même comprendre pourquoi, elle en noircira une. Ce n'est qu'au bout de la troisième qu'elle se rendra compte que c'est une lettre pour moi. Il n'y aura pas de « te souviens-tu » ni de « je me rappelle ». Les mots s'enfileront les uns dans les autres, au milieu de ses pages, elle m'imaginera sur un hamac – indolent.

Le hamac.

En face de moi, un homme d'une soixantaine d'années – il me demande, pour le hamac. Je mets un moment avant de comprendre et puis je répète bêtement, ah oui, le hamac, le hamac – une vraie perruche. L'homme a l'air un brin décontenancé. Il veut juste savoir le prix. Au hasard, je lance « dix euros ». L'acheteur potentiel se replie sur lui-même. Il baisse légèrement la tête et se détourne – la négociation ne semble plus l'intéresser. J'ai manqué une vente. Il faut que j'apprenne à être plus disert et moins tranchant. Plus facile à vivre. Plus ouvert. *Open.* C'est un mot que Mathilde et son frère emploient souvent – ils imitent les lycéens qu'ils voient dans les feuilletons télévisés et que j'ai en face de moi tous les jours. Sois *open*. Sois *aware*. Comme si j'étais fermé et inconscient.

Il y a eu des moments dans ma vie où on ne pouvait pas trouver plus *open* ni plus *aware* que moi.

Quand j'avais tout laissé filer.

Quand j'étais dans le hamac – par exemple.

Un hamac rouge, vert et jaune

Il m'a suivi partout.

Chaque invitation dans une maison avec des arbres, chaque changement de plage, tous les terrains de camping près des rivières. La plupart du temps, je ne pouvais rien en faire, il fallait un portique ou des clous dans les murs ou les arbres. Simplement, au cas où, il était là – et je devenais le centre d'intérêt. Je passais l'anneau dans le crochet, j'étendais mes couleurs et je m'allongeais. Tout le monde voulait l'essayer. Il y avait toujours quelqu'un pour balancer quelqu'un d'autre jusqu'à la ou le faire tomber. Un invité qui faisait semblant de dormir et finalement y allait de son commentaire, soit positif « qu'est-ce qu'on est bien là-dedans », soit négatif « ça fait mal au dos, ce machin » – mais personne pour le décrocher.

J'étais témoin des après-midi et des soirées.

Étendu dans le hamac, les yeux à demi fermés, l'alcool qui monte doucement dans les veines, emporte peu à peu les barrières et le ciment des murs, la fumée qui envahit mes espaces et transforme les lits de fortune en tapis volants – dans la brume, je regardais les après-midi.

Les couples qui se font, une approche timide et maladroite, il offre quelque chose à boire, elle sourit et baisse les yeux, elle devrait prendre un cocktail ou un amalgame puissant, un liquide qui la rendrait soudain sûre d'elle et diserte, elle pourrait enfin rire fort et déployer ses attraits – lui, il se demande s'il n'a pas été trop loin, il hésite, il opte pour cette sangria tiède et peu relevée, elle est déçue mais elle essaie de ne pas le montrer – ils parlent de la fête, des gens qui sont là, elle dit « je suis venue avec une amie, mais il semble que je l'ai perdue », c'est une invitation à la valse, et si vous me preniez la main pour me guider ?

Les couples qui se défont, le geste agacé pour relever une mèche, il se renfrogne, il dit « tu pourrais faire un effort, ce sont mes amis », elle a cette moue désapprobatrice, un repli méprisant des lèvres, elle ne décroche pas un mot, alors il commence à monter dans la gamme de la méchanceté, il a un peu trop bu, elle le regarde, elle reste digne, elle dit « pauvre » et le nom qui suit dépend du degré d'indépendance acquis, pauvre vieux, pauvre gars, pauvre con, elle se retourne d'un coup sec et elle marche droit devant elle, il la perd, elle a déjà franchi la grille du jardin.

Les remarques acerbes et les sourires en demi-citron, le nez définitif et le petit coup de tête, menton en avant, mais pour qui elle se prend celle-là, et lui, tu as vu comment il m'a regardée, j'ai honte pour lui, il pense avoir vendu la peau de l'ours, il se croit arrivé mais je lui garde un chien de ma chienne, et tu sais, il paraît que, enfin, question sexe, ce n'est pas joli-joli, mais tu me jures que tu ne le répètes à personne, hein ?

Les fous rires de milieu de soirée, la soupe champenoise a fait son effet ; le cognac s'est mêlé au champagne et le jus de fruits adoucit le tout, impossible de prévoir les conséquences une fois deux verres engloutis, il rit tellement fort qu'il en glousse, on dirait un dindon, il devient rouge écarlate – et sa femme, elle hésite entre l'air offusqué et la solidarité, et puis finalement elle plonge elle aussi, elle est heureuse de l'avoir épousé tout à coup, elle a toujours aimé son rire, un rire de poule, de phoque, de chameau, un bestiaire à lui tout seul.

Les pleurs contenus, bien sûr – les autres fontaines ne passent pas par le jardin : les torrents d'eau, dans les soirées, se déversent dans les salles de bains et prennent d'assaut les chambres des enfants, envoyés chez les grands-parents pour l'occasion. Dans le jardin où trône mon hamac et où je fais tellement partie du décor qu'on ne fait plus attention à moi, il n'y a que les larmes qui se retiennent et piquent le bout du nez, faisant craindre un éternuement. Les yeux que l'on relève vers un ciel qu'on ne voit pas. Dans les pièces du premier étage, il y a les ruptures et les accidents de la vie ; dans le jardin, il n'y a que les étangs de solitude.

Et moi.

Un mouvement de balancier tranquille. Je deviens incontournable, une institution. Il viendra avec son hamac. Cela apporte une touche d'exotisme dans ce Nord-Est un peu terne. Parfois, un garçon ou une fille s'approchent et viennent me parler, en fait, ils ne veulent pas vraiment converser, ils veulent simplement exprimer du ressentiment, tu vois, toi, tu as beaucoup de chance, tu es au-dessus de tout ça, tu as mille fois raison, mais moi, je n'y parviens pas, je fais partie de l'humanité. Ils nient mon appartenance à la multitude, je ne dis rien, je fais mine.

Je me dis qu'un jour, quelqu'un s'approchera davantage et entamera autre chose qu'un monologue. Je me relèverai, je laisserai de la place, nous nous enfoncerons ensemble dans le tissu.

J'invente la provenance du hamac – une réponse différente à chaque demande. Parfois, il vient du Mexique, il a été acquis sur un marché pour une bouchée de pain alors que des touristes américains à côté payaient le même, son frère, les yeux de la tête. Parfois, je l'ai acheté en Indonésie, à une touriste de passage dont j'ai partagé la couche pendant quelques jours et qui me l'a laissé en souvenir, au moment de partir prendre l'avion – c'est mieux qu'un numéro de téléphone qu'on n'appellera jamais. Souvent, je brode. J'invente des petites morts sur le bord des plages, des cadavres découverts entre les plis au sommet des montagnes.

Mes interlocuteurs écoutent d'une oreille distraite – lorsqu'ils viennent me voir, c'est exactement pour cela – pour se distraire.

Je me suis retiré du marché.

Je l'ai fait savoir. Je ne veux plus de ces attentes interminables devant le téléphone, ni de ces négligences coupables, ah bon, nous devions nous voir ? je suis désolée, j'avais oublié, un tas de trucs à faire, tu comprends ? Assez de tous ces petits mensonges qu'on accumule comme des valises et qui se mettent à peser sur le quotidien. J'ai vingt-huit ans, bientôt vingt-neuf, ma vie sexuelle est un désert mais je l'ai décidé.

Tout en ne rêvant que d'être dérangé.

Le hamac, je l'ai trouvé dans un supermarché de l'agglomération spécialisé dans les importations sud-américaines et asiatiques. Les bibelots de l'Est et de l'Ouest s'y regardent en chiens de faïence. Il était en solde, mollement étendu contre le mur. Je me suis dit qu'il était temps de me reposer. La librairie venait de fermer ses grilles, Annick était partie en Bretagne, j'étais désœuvré. Je touchais le chômage, et plutôt que de chercher tout de suite un travail qui serait fatalement moins prenant et moins poignant, j'avais préféré rendre ma non-chambre de bonne et venir faire le point dans ma ville natale, retour à la case départ dans le nouveau pavillon de mes parents, dans une maison qui n'avait jamais été la mienne. J'avais noué des relations amoureuses dont je m'étais détaché sans bruit, des relations amicales dans lesquelles je semblais être le seul à investir parce que mon attente était beaucoup trop importante et dérangeante, les projets professionnels étaient au point mort – oui, il était sans doute temps de se reposer.

Du repos – un assoupissement programmé et vaguement opiacé – une princesse endormie mais sans réel espoir d'être réveillée – tant pis. Dans mon hamac, je me persuade que d'ici vingt ou cinquante ans le climat sera si détraqué que les hommes mourront par centaines, une météorite percutera la Terre, toute vie sera détruite, alors ce qui m'arrive n'est pas bien grave.

Je suis une parenthèse dans le jardin – un serpent lové qui refuse de muer et se recroqueville dans son ancienne peau.

C'est un âge étrange.

Je vois autour de moi les gens prendre des directions, des chemins, le cœur gai ou à rebrousse-poil. Dans les conversations que j'entends étendu depuis mon perchoir, il est question de prêts bancaires, d'enfants à venir, de bifurcations de carrière. Je me laisse balancer. Jusqu'à ce que disparition s'ensuive.

Et puis un jour, il y a la chute.

Une petite brune aux yeux noirs, la peau mate. Elle joue dans le jardin, il est très tard. Elle a huit ans. Elle devrait être couchée. Je ne l'ai pas vue arriver. Je sens la désapprobation se frayer un chemin dans tous mes membres. Ce n'est pas un endroit pour les enfants. Il y a des adultes aussi défoncés que les canapés, des cadavres de bouteilles et d'humanité, de la musique déguenillée, des attitudes à vomir – et la petite fille joue dans le jardin. J'essaie de ne pas y penser, de retrouver le calme, je respire profondément, bientôt je vais m'endormir et tout cela n'aura été qu'un mauvais rêve – je ne me mêle pas de ce qui ne me regarde pas.

Le bruit sourd.

Et le cri qui suit – les larmes.

D'un bond, je suis debout – je ne me suis même pas vu quitter la position allongée. D'un autre bond, je suis à côté d'elle, elle est toujours face contre terrasse, le visage en sang, elle a perdu une sandale, elle a buté dans l'obscurité contre un sac – qu'est-ce que ce sac fait là ? Je lui touche la main, ses pleurs redoublent. Je la prends dans mes bras, je sens le contact de ses doigts sur mon cou, il est électrique – je vois le sang qui coule de son nez et de ses gencives, elle hurle qu'elle a mal. Je la garde dans mes bras, elle ne veut pas marcher, son genou est écorché, je demande où est sa maman. Elle répond qu'elle est à la maison. – Dans la maison ? – Non, chez elle. Je suis venue avec papa. Papa et maman ne vivent pas ensemble. – Et papa, il est où ? – Papa, il est à l'intérieur, mais il ne faut pas le déranger et surtout il ne faut pas le dire à maman, parce que maman ne sait pas que je suis là et puis après je vais me faire disputer, et je n'aurai plus le droit de voir papa.

Nous cherchons papa.

Elle dit qu'il est beau, qu'il a les yeux bleus et les cheveux noirs et qu'il porte un jean noir aussi et une chemise blanche, il s'est mis du parfum ce soir.

Je jette un coup d'œil dans le salon, dans le bureau – la musique est assourdissante, je ne suis pas entré dans la maison depuis des lustres, c'est une sensation étrange. Des fauteuils renversés, le plancher est collant – je pense aux propriétaires, un frère et une sœur qui ont perdu leurs parents violemment deux ans auparavant et qui depuis donnent des fêtes. Cela m'avait semblé courageux et émouvant. Soudain, je les trouve lamentables. Ouvrez les rideaux. Nettoyez le sol. Jetez l'argent par les fenêtres des associations caritatives. Trouvez un sens. Je suis le moraliste du hamac. J'ai une petite fille dans les bras.

Papa est dans la salle à manger – il est allongé sur une dame et il lui passe la main dans les cheveux. La petite fille se serre un peu plus contre moi. Elle regarde quelques secondes et puis elle enfonce sa tête dans mon cou. Il y a tellement longtemps que je n'ai pas connu d'intimité physique que les larmes me montent aux yeux en deux coups de cuillère à pot. Je m'approche tout de même de papa. Je vais lui faire passer une mauvaise soirée. Je ne veux pas de ce fardeau léger qui me fait voir l'envers du décor, tout à coup. La musique marque une pause et j'entends papa qui délire – papa dit qu'il est libre de ses mouvements, papa dit qu'il emmènera la dame à l'autre bout du monde – papa retombe sur la dame.

La dame ne vaut pas mieux. Elle me regarde droit dans les yeux et elle sourit – je sais qu'elle ne me voit pas.

Alors, je m'entends chuchoter à l'oreille de la petite fille qui ne pleure plus que nous allons aller nettoyer ces vilaines plaies. Je devine son oui à la caresse ondulante de ses cheveux dans mon cou. La salle de bains est à l'étage. Je dis à la petite fille qu'elle doit fermer les yeux maintenant parce que nous commençons l'ascension d'une montagne. Elle écarte son visage et me dit que je n'ai pas besoin de lui faire gober n'importe quoi, elle a huit ans. Sur son visage, le sang sèche mais le nez menace de tourner au bleu-noir. Je lui réponds que c'est moi qui aime me raconter des histoires, alors est-ce qu'elle veut faire partie de la mienne ? Elle est d'accord. Elle ferme les yeux.

Le couloir du premier étage est relativement préservé. J'imagine ce qui se trame derrière les portes closes, mais je m'en moque, j'ai une mission. J'ouvre la salle de bains avec précaution, je hume – et c'est une agréable surprise, aucun relent de vomissures ou de déjections. Il traîne même une surprenante odeur de shampooing à la pomme. Je lui dis qu'elle peut rouvrir les yeux mais elle préfère les garder fermés. Je lui demande son prénom. Antonia.

J'humidifie un gant de toilette. Je passe de l'eau sur son visage. Je me contente de l'effleurer, j'ai peur de lui faire mal. À un moment, elle pousse un petit cri et je lui demande si elle veut que j'arrête. Elle fait non de la tête. Elle voudrait savoir mon prénom.

Antoine. Cela la fait sourire. Elle dit qu'Antoine et Antonia, c'est proche, comme noms, c'est comme si j'étais son grand frère. Elle a rouvert les yeux. Elle trouve la salle de bains jolie et grande. Il y a même une baignoire à remous et une très large fenêtre qui peut s'ouvrir en oscillo-battant. Chez elle, la salle de bains est toute petite. Elle réfléchit un peu et puis elle ajoute que ça dépend de quel chez elle on parle, elle ne sait jamais si c'est chez son père ou chez sa mère. De toute façon, ils ont tous les deux des salles de bains très petites. On voit qu'ici on est chez les riches.

On toque à la porte – deux coups discrets.

Une fille blonde s'encadre dans l'embrasure. Elle a des cheveux bouclés et porte une robe en crêpe. Elle vient nettoyer une tache de vin rouge sur ses vêtements. Je la reconnais. C'est la maîtresse de maison qui est si peu maîtresse d'elle-même d'habitude – et qui ne voulait pas de cette maison, c'est un héritage, une lourdeur. Elle aimerait avoir accès au lavabo. J'ouvre la porte en grand. Elle voit Antonia, le coup sur le nez, le sang séché – elle a un mouvement de recul puis se rapproche. Elle est happée. Elle veut savoir ce qui s'est passé. Je raconte. Antonia doit avoir mal, mais elle sourit quand même – elle est le centre de la soirée de deux personnes, ça ne lui est pas arrivé depuis longtemps. Elle est assise sur une chaise en paille et nous sommes deux à ses pieds. Je me souviens du prénom de la fille blonde – elle s'appelle Isabelle.

Isabelle fouille dans les tiroirs, elle retrouve un tube de pommade à l'arnica, elle en dépose délicatement sur le nez d'Antonia qui serre les dents. Isabelle dit qu'il faudrait quand même aller consulter un médecin le lendemain pour s'assurer qu'il n'y a pas de fracture. Elle fait sa savante. Antonia l'écoute religieusement. Elle demande si nous sommes déjà allés à l'hôpital.

Je raconte la serpe.

J'ai dix ans – je suis avec des amis dans un petit bois pas très loin d'où j'habite – nous voulons construire une cabane pour y manger les sucreries que nous rapportons et pour fumer des lianes. Nous avons récupéré de vrais outils dans les hangars. Je mets le pied sur une branche dont je veux couper les extrémités. Je reproduis les gestes que m'a appris mon grand-père. Je lève la serpe haut et je donne un grand coup. J'ai manqué le bois. C'est la cheville qui a pris. Je vois ma chaussette rouge de sang et les petits blocs de chair qui se donnent de l'air. Je suis près de tourner de l'œil. Je me sens faible. Soudain, des bras me soulèvent, il y a des cris, des gesticulations, on me porte. Je me souviens de celui qui m'a porté. Il s'appelle Pierre, il a treize ans, il serre les dents comme Antonia le fait en ce moment. Sa mère vient de mourir d'un cancer du sein. Il dit que je m'en tirerai. Il me parle mais il ne me parle pas vraiment. Il dit qu'il faut que je tienne le coup, qu'on a encore besoin de moi, il enchaîne les phrases, je comprends qu'il s'adresse à sa mère. J'ai dix ans mais je comprends cela. Une course de presque un kilomètre et une collision dans l'intimité de l'autre. Je ne dis rien, je garde les yeux fermés, je me laisse bercer par les mots, les mots font oublier la douleur.

Même au moment où l'interne me recoud à vif, je ne tressaille pas – on me parlera de courage, mon père me félicitera, il en tirera une vraie fierté, ce n'est pas si fréquent, à l'époque il me traite souvent de femmelette, il ne recommencera jamais. Mais je sais que je ne mérite pas tous ces compliments. Je sais que pendant tout le trajet jusqu'à l'hôpital, pendant toute l'opération et même après, quand j'ai marché avec les béquilles, je ne pensais qu'aux phrases prononcées par Pierre et à son histoire. La serpe m'a ouvert le monde des autres, brutalement, un écartèlement des chairs. Pierre ne m'en reparlera pas pendant des années. Et puis un jour, nous prendrons le train ensemble, j'irai à Paris et lui, il commencera un tour du monde – en baissant les yeux, je lui dirai que je n'ai pas oublié les mots de cet après-midi-là. En baissant les yeux aussi, il répondra qu'il sait – que c'est un lien étrange, il dit qu'il est sûr qu'il pensera à moi dans les moments de danger.

Je ne sais pas pourquoi tout est sorti d'un bloc dans la salle de bains. Isabelle tient la main d'Antonia et elles écoutent toutes les deux mon histoire. Antonia est un peu fatiguée, elle a le visage tuméfié mais elle se sent bien. Isabelle dit qu'elle va aller voir son papa et lui expliquer qu'il est temps de rentrer. En passant à côté de moi, elle me presse l'épaule. Elle dit que c'est une très jolie histoire et que je devrais l'écrire. Elle revient quelques minutes plus tard, elle dit que le papa d'Antonia est endormi et qu'il faudrait peut-être qu'Antonia dorme aussi. Nous faisons le tour des chambres, mais elles sont toutes occupées – alors je dis qu'il y a le hamac, ça te dirait, Antonia, de dormir dans mon hamac ? Son visage s'illumine. Isabelle disparaît quelques minutes et, à son retour, elle porte deux sacs de couchage et deux couvertures – elle dit qu'il faut veiller sur Antonia cette nuit, il ne faudrait pas qu'elle tombe à nouveau, alors nous resterons à ses côtés, allongés dans l'herbe. Elle ne me regarde pas quand elle ajoute « si cela ne vous dérange pas ».

Dans le salon, les lumières se sont éteintes et la musique est en sourdine. Je porte Antonia, il y a du verre par terre. Isabelle jette un coup d'œil sur le canapé, elle reconnaît son frère, elle soupire, elle dit « moi aussi, je vais m'en aller faire le tour du monde ».

Antonia dans le hamac rouge, vert et jaune – elle sourit – elle est la princesse du monde. Nous lui souhaitons bonne nuit, et surtout, si quelque chose te dérange, un insecte, une lumière, tu nous réveilles. Allongé sur l'herbe, je n'ai pas pris le sac de couchage. Je retrouve le plancher des vaches. Je sens la main de la maîtresse de maison à quelques centimètres, mais je ne la prendrai pas. Il faut laisser la petite fille en paix – et puis nous avons tout le temps, le temps aussi que l'histoire ne se fasse jamais, il y a trop d'enjeux, je ne peux pas être le prince charmant qui fait oublier la reine et le roi morts, je ne peux pas non plus être celui qui remet de l'ordre, balaie les pièces vides des immondices de la soirée et ouvre les rideaux et les fenêtres en disant « de l'air ».

Je m'endors d'un sommeil profond – lorsque je me réveille, je suis seul à terre. Isabelle s'est enfuie en me laissant un morceau de papier avec son numéro de téléphone, coincé sous une pierre. Antonia n'est plus dans le hamac. Elle a placé sous un oreiller un dessin jaune, rouge et vert. Il y a trois personnages, un homme, deux femmes, elle a dessiné des flèches et puis nos trois noms – ce dessin-là, je sais où il est, je le garde plié en dix dans un tiroir de la table de chevet, Anne a plusieurs fois voulu le jeter et elle a demandé des explications, je n'ai pas voulu vraiment répondre, alors elle croit que c'est moi qui ai tracé ces silhouettes sur le papier, elle pense que c'est un souvenir d'enfance, elle s'est même fait un roman – Isabelle est restée la maîtresse, mais d'école cette fois, dont j'étais secrètement amoureux, et Antonia ma petite copine de l'époque. Un jour, Anne m'a demandé si je savais ce qu'elles étaient devenues.

Non.

Assis sur ma chaise de camping, derrière ma table à tréteaux, je ne sais pas ce qu'elles sont devenues et, d'un seul coup, elles me manquent. Je compte les années qui se sont écoulées, quatorze, j'imagine qu'Antonia poursuit des études de mathématiques ou de physique, qu'elle veut trouver une cohérence, une explication du monde – elle ira bientôt chez un analyste. Isabelle a dû se perdre en voyages pendant quelques années et puis elle est revenue, en quelques mois elle a trouvé du travail, s'est mariée et a eu des enfants, elle vit une vie très ordinaire dans un pavillon d'une agglomération de l'ouest de la France – voilà, c'est mon tableau personnel à partir de ton dessin, Antonia.

Il y a des gens qui ont traversé ma vie comme des comètes, et je vis encore dans leur lumière.

Il y a des objets dont les couleurs ne se sont pas effacées. Si je touche le filet du hamac, les images cavalent jusqu'à moi. Je sais que ce matin-là, j'aurais pu choisir un chemin différent. J'aurais pu ne pas froisser le numéro de téléphone et tout se serait enchaîné. Je regarderais le soleil se coucher sur Sydney ou le matin se lever sur l'Irlande. Je ne serais pas le même.

Mais j'ai gardé le dessin et j'ai froissé le numéro de téléphone.

J'ai découvert au matin que je voulais un enfant – je me souviens du contact de l'herbe et de la terre sous mes mains – l'envol était terminé, je voulais devenir terrien. J'ai décidé de retourner à Paris et de prendre ma vie en main – je pensais que ce serait facile.

En face de moi, un homme d'une quarantaine d'années, une sorte de double en plus mince et avec un regard plus embrasé – de la maladresse. Il s'est dirigé droit vers le hamac et il a failli renverser les disques et les bibelots de porcelaine. Il bafouille, il s'excuse – il touche le hamac, je prétends qu'il vient du Mexique, il hoche la tête, il oublie de demander le prix, c'est moi qui l'indique, « dix euros », il cherche dans ses poches de pantalon, de blouson, plusieurs fois, il en ressort des mouchoirs en papier usagés, des talons de cartes de crédit, un vieux chewing-gum, il commence à s'empourprer, je suis sur le point de lui faire cadeau de la somme quand il extirpe un billet de vingt, froissé et presque méconnaissable. Je lui rends la monnaie et il reste là, le hamac dans les mains, indécis. Il bredouille « j'ai toujours rêvé d'avoir un hamac », je ne réponds pas, je souris – je pense que j'en ai fini, moi, du rêve du hamac – plutôt qu'un hamac, je voudrais un nuage – quelque chose qui s'élève un peu plus haut maintenant, une ouate – et puis tout oublier.

Je regarde la rue qui réverbère la lumière du soleil et qui commence à se vider. Il est onze heures et demie – je vais acheter un sandwich et un soda. Je ne me retourne pas pour surveiller le stand. Si quelqu'un veut voler, alors que les objets s'envolent – ma montgolfière pourra s'élever, et dans les airs, je repérerai la jeune femme de tout à l'heure et je lui proposerai de monter avec moi dans la nacelle.

Je me suis allumé une cigarette mais je n'ai le temps d'en tirer qu'une ou deux bouffées. Une vieille dame s'approche du stand. Elle m'adresse un sourire timide. Je la reconnais. Elle habite à quelques maisons de chez nous – enfin, de chez moi, désormais. Elle s'intéresse particulièrement au cendrier. Elle le caresse. C'est un cendrier marocain en métal doré sur lequel sont gravées des étoiles et des lunes. Il est un peu terni. Je sens la vague prête à m'emporter. Je m'essaye à la blague. Je dis à la vieille dame que j'espère que ce n'est pas pour elle, fumer à son âge, ce n'est pas raisonnable. Elle rougit un peu – une coquetterie, mais elle ne répond rien. Ses mains tremblent tandis que ses doigts suivent le contour des gravures. Le cendrier quitte la compagnie peu reluisante de l'essoreuse à salade blanche et rouge et du jeu de société qui invite à construire des maisons et des hôtels sur le boulevard de Belleville ou sur l'avenue Henri-Martin. La vieille dame l'a adopté.

Il se détache de ma vie et dans la lumière blanche du soleil, je ne vois plus que lui.

Un cendrier en métal doré

Je suis resté cinq mois au chômage.

Antonia a déclenché le processus de retour dans le mouvement. Isabelle m'a redonné le goût de la rencontre et de la séduction douce. Et mes parents m'ont presque mis dehors. Bien sûr, ils n'ont pas formulé leur envie de me voir prendre mes cliques et mes claques, mais leurs soupirs agacés, leurs phrases en suspens et les coups d'œil complices qu'ils se jetaient régulièrement par-dessus mon épaule me l'ont clairement fait comprendre. On t'a élevé, maintenant, élève-toi tout seul, on a besoin de temps ensemble. Ils m'ont même offert de me payer les trois premiers mois de loyer une fois que j'aurais retrouvé un appartement.

Alors j'ai accepté le premier retour d'entretien gagnant. Je suis revenu dans la capitale. Je travaille dans une multinationale qui vend des ordinateurs portables et de la téléphonie mobile – un marché en devenir. Je suis employé au département traduction – je rédige des courriers pour l'étranger et des notices techniques que personne ne prend la peine de relire – j'imagine parfois la stupéfaction des anglophones à l'autre bout du monde devant certains mots incongrus. Je gagne un peu plus du SMIC, mais je reçois un treizième mois et j'ai droit à des réductions sur les places de cinéma ou sur les entrées dans les parcs d'attractions grâce au comité d'entreprise. Et puis, l'avantage indéniable, m'a-t-on bien fait comprendre, c'est la promotion – qui peut être rapide si mon travail est jugé performant.

Je n'ai pas encore bien saisi comment on jugeait de la performance de la traduction de notices techniques – mais je ne soulèverai pas le problème. Parallèlement, je me suis inscrit aux concours de l'Éducation nationale – prof d'anglais, tiens, pourquoi pas, après tout, revenir dans les lycées qui m'ont vu grandir – et quand je rentre le soir dans mon studio à Marcadet-Poissonniers, je m'absorbe dans leur préparation.

Je n'arrête pas de travailler – je n'arrête pas de traduire. Je passe des composantes des circuits informatiques aux récits de voyage du XIXe siècle – je m'oublie.

C'est la nuit que l'angoisse me rattrape.

Je me réveille vers trois heures du matin – en sueur. La trentaine approchante me crucifie. Lorsque je vais voir mes parents, deux week-ends par mois, ils me chantent régulièrement les louanges de telle ou telle de mes anciennes connaissances qu'ils ont rencontrée au supermarché avec femme et enfants et qui avance dans la vie. Ils omettent ceux qui sont en train de s'écraser sur les murs de leur existence – j'ai vu dimanche dernier un article sur un gars de la bande des bâtiments qui retournait en tôle après un cambriolage raté – il sortait à peine de prison.

Je suis en disette sexuelle.

Je suis sorti pendant quelque temps avec une fille qui s'appelait Kathleen, assistante anglaise de son état, qui trouvait la France for-mi-da-ble, la culture for-mi-da-ble, la cuisine extra-for-mi-da-ble et les Français hyper-for-mi-da-bles. Elle m'a fatigué. J'ai été content de l'accompagner sur le quai de la gare du Nord pour son retour dans son pays natal. Elle était en pleurs, mais moi, je trouvais ça formidable.

Au moins, j'ai pratiqué l'anglais oral.

Mais depuis la parenthèse britannique, rien – et pas l'envie non plus. Non. Ce n'est pas tout à fait exact. Il y a cette fille qui travaille aussi dans la multinationale, un étage au-dessous du mien. Elle s'occupe de l'organisation d'événements et de déplacements, elle réserve des séjours à Marrakech où elle n'est pas invitée et règle tous les détails de voyages à la Martinique auxquels elle ne participera pas. Nous en avons déjà parlé, mais elle prend ça avec détachement. Le travail est alimentaire, la vraie vie est ailleurs. Puisque ma vie se passe dans le travail, je me demande si j'existe vraiment.

Nous parlons de livres aussi. Nous nous sommes rencontrés plusieurs fois dans la bibliothèque du comité d'entreprise – nous échangeons des informations. Je m'approche lentement – sans faire de remous. Je ne veux pas l'effrayer et puis je ne sais pas si je l'intéresse réellement. Elle a déjà un homme dans sa vie, elle n'a pas besoin de moi.

Mais quand nous nous frôlons – alors ressurgissent les démons enfouis. Je me surprends à penser à des avenirs impossibles et je m'étonne de ne pas perdre mes moyens. C'est elle qui devient maladroite – elle renverse des plateaux, elle casse des verres, elle fait tomber des livres. Je l'aide à tout remettre en place – la peau s'attarde contre la peau – doucement – tout doucement.

Et puis un soir, c'est son anniversaire.

Elle invite des amis et des collègues à venir le fêter dans l'appartement de l'homme qui accompagne sa vie, le sien est trop petit et trop peu pratique. Elle habite mairie de Saint-Ouen, il loge dans Paris intra-muros, à quelques encablures de la librairie où j'officiais.

Je m'y rends en voiture avec une fille qui travaille au département logistique. Elle me demande si je suis déjà allé chez Nicolas Chalavel – le propriétaire de l'appartement. Je ne connaissais même pas son nom. Elle hoche la tête – elle dit que c'est une expérience. Il est régisseur d'un théâtre sur les Grands Boulevards, un de ces lieux spécialisés dans la comédie vaudevillesque et le recyclage d'acteurs et actrices qui ont connu leurs heures de gloire vingt ou trente ans auparavant, des gens comme Macha Tarvill, Edith Genevoix ou Hubert Desnos. Le théâtre propose des matinées pour les touristes de province qui assistent aux démêlés de *C'est l'amour madame* (cent cinquante représentations) ou de *À double tour s'il vous plaît* (trois cents représentations), rires garantis avec Michel Lesage et Gilda Pietri, avant d'aller finir la soirée au Lido ou aux Folies-Bergère.

Nicolas Chalavel habite un appartement au premier étage du théâtre. Un assemblage de pièces hétéroclites qui surplombe le hall d'entrée et s'étend jusqu'au-dessus de la scène. De sa chambre, il peut entendre les comédiens envoyer leurs répliques et les spectateurs réagir. Ma conductrice laisse passer un nuage dans mes pensées – je sens que je ne serai pas de taille à lutter – et puis elle ajoute « c'est un drôle de mec... enfin, bon, je dis ça, mais je ne l'ai vu que deux ou trois fois... c'est un drôle de couple ». Elle se retourne d'un coup sec vers moi et j'ai du mal à soutenir son regard.

Il y a déjà du monde – une trentaine de personnes, des employés de la multinationale, quelques amis d'enfance venus tout exprès, des conjoints – je traîne d'une pièce à l'autre en me demandant ce que je suis venu faire là. Elle n'aura aucun temps à me consacrer, ni maintenant ni pour le reste de ma vie.

J'ai vu Chalavel. Un beau gosse qui porte le costume comme s'il avait été taillé pour lui et qui manie une ironie tranchante qu'il vaut mieux éviter. Une assurance. Une prestance. Tout ce que je méprise par pure jalousie.

Je me suis réfugié dans une toute petite pièce qui jouxte l'une des chambres – il y a au moins sept pièces dans cet appartement mais la plupart sont biscornues et difficiles à mettre en valeur. Je nomme mon refuge : c'est une antichambre, un boudoir. Je boude et je suis dans l'antichambre de mon existence. Un jour, je sortirai ; j'aurai trouvé le chemin qui mène aux pièces principales. Au moment où je formule ces mots en sirotant un gin tonic, elle est là – devant moi. Elle s'assied sur le fauteuil crapaud vert. Elle me dit que ce n'est pas étonnant que je me retrouve dans cette partie de l'appartement. C'est sa pièce préférée. Elle n'y va plus beaucoup. Elle ne vient plus que rarement dans ce logement. Elle ne s'y sent plus à l'aise et puis les sentiments s'étiolent et ce ne serait pas correct. Elle ne voulait pas de cet anniversaire, de cette fête dans un lieu qui n'est presque plus le sien, elle ne sait pas exactement pourquoi elle a cédé. Par tendresse, peut-être, ou simplement par paresse. Et puis c'est difficile, de rompre complètement les liens. Il y a des allers et retours et l'appel de la peau, parfois, cette envie de retrouver l'épiderme de l'autre encore, tout en se disant que c'est la dernière fois. Elle dit qu'elle ne devrait pas me dire ces choses-là.

Sa voix s'éteint et c'est la mienne – hésitante, un peu rauque encore, qui vient peupler l'antichambre. Je me lance comme je ne me suis jamais lancé. Tandis que les mots m'emportent, je vois les visages qui défilent – celui de Marianne, celui d'Annick et d'Isabelle et même celui de la formidable Kathleen – mais je ne parle pas d'elles. Je parle de l'appartement que nous allons partager, elle et moi, lorsqu'elle l'aura décidé. Il sera très différent de celui-ci, bien sûr, il sera moins étrange et moins décalé, il y aura moins d'espace – mais tellement plus de lumière. Je parle aussi de quitter Paris, si elle le désire – le pays est grand, nous pouvons nous installer où nous le voulons, si nous le souhaitons. Il faudra construire, bien sûr, édifier des murs et des toits, mais c'est un beau verbe, non? Je construis, tu construis, il ou elle construit, nous construisons.

Quand Nicolas Chalavel s'encadre dans l'embrasure de la porte, les mots me fuient et mon interlocutrice se raidit imperceptiblement – et puis, en souriant, elle quitte la pièce. Je suis coincé sous le regard de Chalavel. Je voudrais trouver la force de me lever également, de demander pardon et d'effacer sa silhouette – et puis me retrouver dans la rue. Je n'y parviens pas. Chalavel s'affaisse dans le fauteuil que sa compagne vient de laisser vacant. Il s'est débarrassé de sa veste. Il enlève ses chaussures

– elles gisent sur le tapis. Il roule un joint avec dextérité. Chaque détail me heurte. Tout ce qu'il fait est net et précis, rien ne déborde. Avant de devenir régisseur de théâtre de boulevard, par piston familial d'après ce que j'ai entendu dire, il a dû faire du sport de haut niveau et des études de commerce. Il transforme les hommes qui le côtoient en vers de terre. Il allume le joint et aucune cendre ne tombe sur le tapis – il me fait un signe du menton – j'accepte l'invitation – c'est le calumet de la guerre.

Il ne se racle pas la gorge. Il n'agrémente pas ses phrases de « plutôt » depuis l'adolescence. Il a le parler brut et droit – un peu trop cassant par moments, les syllabes s'ébrèchent, il se coupe en les prononçant. Il me demande si son amie me plaît. En temps normal, je passerais par des circonvolutions. Je louvoierais. Des méandres et des virages pour éviter la confrontation. Ce soir, je ne peux pas.

Je sais que, si je ne fais pas face, je ne pourrai plus me regarder dans une glace.

Oui.

Oui, elle me plaît – et davantage encore – mais je ne connais rien de son monde intérieur, et surtout pas quelle place je peux y tenir.

Il sourit en coin – il dit qu'il m'a entendu parler de l'autre côté de la porte, c'était très romantique, légèrement désabusé, on aurait dit un roman un peu désuet, genre Modiano ou l'autre, comment s'appelle-t-il déjà, Lisieux, c'est ça, François Lisieux.

Je suis en territoire ennemi, prisonnier du général des armées. La meilleure défense, dans les cas ultimes, c'est de feindre l'indifférence face à l'attaque. Je réponds « vous trouvez ? » et je tire une bouffée d'herbe – elle est forte et âcre, je fais un effort pour réprimer la toux. Je tends le dos en attendant une nouvelle salve mais, en lui passant la cigarette parfumée, je remarque ses mains. Elles sont prises d'un tremblement léger, mais régulier. Nicolas Chalavel se contient. Il voudrait me casser la gueule, il se retient – j'ai l'audace de lui demander pourquoi.

Ses épaules se détendent – il s'enfonce un peu plus dans le fauteuil – il est presque allongé, en cassure. Il répond que cela ne vaut pas la peine parce que ce n'est pas moi qui suis en cause, c'est lui – il connaît très bien ses torts, ses négligences et puis cette histoire qu'il a eue dernièrement avec cette fille, à la montagne, cela n'a rien arrangé, mais en même temps, quand on trompe quelqu'un, c'est que les sentiments en ont déjà pris un coup, non ? Alors, il n'a que ce qu'il mérite et sans doute ce qu'il recherche.

Vous comprenez, dit-il, je n'arrivais pas à la cadrer, à la faire rentrer dans mon cadre – nous n'avions pas les mêmes amusements, pas les mêmes références – et puis son âge, vous savez, elle a l'âge des femmes quand elles commencent à penser à leur horloge biologique et à s'attarder devant les magasins de jouets – c'est un âge farouche.

Je demande à Nicolas Chalavel s'il veut des enfants ou pas – il a le menton qui fuit et le plexus qui se contracte, il répond qu'il ne sait pas – peut-être plus tard, beaucoup plus tard, mais il ne peut même pas assurer qu'un jour il sera prêt – il ne veut pas non plus faire perdre son temps à une femme qui vient de prendre le virage de la trentaine. Il ne veut pas l'inciter à passer encore cinq ou six ans avec lui jusqu'à ce que finalement, il soit trop tard. C'est une responsabilité encore plus grande que celle de féconder un ovule.

Il y a un moment de silence – en fond sonore nous parvient la musique assourdie de *Come As You are* de Nirvana – et puis il ajoute « alors, vous savez, je vous la donne » et le ton qu'il emploie est tellement définitif que j'éclate de rire – une cascade, une chute du Niagara d'hilarité – j'en tombe presque à genoux. Je voudrais lui faire comprendre qu'il ne peut rien me donner puisqu'elle ne lui appartient pas et qu'elle fera son choix seule, je voudrais tenter d'expliquer qu'à mon avis, je n'ai que peu de chances avec elle, je ne suis pas son type, je pourrais être un frère ou un cousin, mais elle n'est pas attirée par ma stature, ma silhouette, mes yeux, mon cul – je n'y parviens pas. L'herbe commence à faire effet et je pleure de rire, je ne peux pas m'en empêcher.

Chalavel se redresse et me fixe – une caricature de la surprise, les yeux écarquillés et les lèvres entrouvertes – une statue de cire qui redouble mon hilarité. Et soudain, il me rejoint. Il dit « je suis con quand même, parfois » et son rire commence par saccades, dans les graves, et monte peu à peu la chaîne harmonique – pour finir dans des sons stridents et désaccordés.

Après, il s'endort – ma descente est plus tranquille, presque sereine. La tête me tourne mais les sensations restent agréables. Je me relève, j'époussette d'imaginaires pellicules, je passe à côté de lui, je suis sur le point de partir et puis je ne peux m'empêcher de faire quelques pas en arrière, je m'accroupis à côté du fauteuil et je reste un long moment ainsi, immobile. Je sais que je suis en train de mémoriser Nicolas Chalavel.

Ses cheveux – des boucles brunes – les implantations sur le front ont tendance à régresser.

Ses yeux fermés – les paupières – les cils sont longs, les sourcils marqués.

Son nez – droit, presque insolent – et, incongru, un infime morceau de papier de cigarette, collé sur l'aile gauche.

Ses lèvres – elles ont retrouvé un pli d'enfance – une moquerie innocente.

Son corps sur le canapé – les jambes légèrement écartées, presque indécentes – le pied droit sur la table en verre, l'autre abandonné sur le tapis.

Dans l'abandon, ses traits se sont détendus.

Je ne peux pas savoir encore à quel point ils vont me peupler. Je ne peux pas savoir encore que, chaque soir, en descendant les escaliers, le visage de Nicolas Chalavel me hantera et que, mentalement, je lui souhaiterai une bonne nuit, une très bonne et très longue nuit.

Je n'ai pas compris pourquoi, avant de quitter définitivement l'appartement et la vie de Nicolas Chalavel, j'ai vidé le cendrier dans lequel traînaient les restes du joint que nous avions fumé. Je l'ai vidé dans l'unique plante verte de l'antichambre, un cactus fatigué, et puis je l'ai glissé dans ma poche.

C'était un petit cendrier en métal doré – un de ces cendriers qui se vendent à bas prix dans les souks marocains. À l'intérieur sont gravées des étoiles et des lunes. C'est mon talisman – c'est mon hommage.

Dans le salon, il y avait encore beaucoup de bruit – des danses et des cris – j'ai passé mon chemin. Elle était dans la cuisine, elle se préparait une caipirinha. Je lui ai tendu la main et j'ai dit « bonjour Anne ». Elle a posé sa main dans la mienne et elle a répondu « bonjour Antoine ». Elle a voulu savoir si le dialogue n'avait pas été trop difficile. J'ai répondu que tout allait bien. Tout va bien.

Nous nous sommes éclipsés.

Dehors, les Grands Boulevards, Paris, la nuit – des lunes et des étoiles et dans ma poche, un cendrier en métal doré.

Bien sûr, nous n'en avons jamais reparlé par la suite. J'ai gardé pour moi les éclats de rire et son corps, affaissé, beau à couper le souffle. Tu as gardé pour toi la mobilité de ses gestes et la détermination de son allure.

Je ne t'ai jamais parlé non plus du cendrier, Anne.

Lorsque nous sommes rentrés dans mon appartement, ce soir-là, j'ai profité de ton sommeil pour le cacher dans l'un des placards de la cuisine, derrière un rideau de tasses et de soucoupes Esso, cadeaux de mes parents. Quand nous avons déménagé, rappelle-toi, j'ai insisté pour remplir moi-même les cartons de vaisselle. Et ensuite, dans nos nouvelles demeures, je l'ai gardé proche de moi, dans des boîtes de disquettes à côté de l'unité centrale ou dans les armoires murales de mon bureau – en embuscade derrière les manuels scolaires.

Je n'ai jamais pu m'en séparer.

Mais puisque aujourd'hui tu te détaches, alors je quitte nos objets et le cendrier s'en va avec les autres. Il file à l'anglaise aux mains d'une vieille dame et elle ne peut pas se rendre compte de la lanterne magique qu'elle tient au bout de ses doigts – si elle frotte le cendrier pour le faire reluire, alors elle apercevra un théâtre de boulevard, une antichambre enfumée et un corps oublié – si elle le frotte à nouveau, elle nous verra nous, enlacés puis délacés, elle aura toute l'histoire, elle aura toute mon histoire.

Fabrice téléphone sur le portable jaune – il me demande si tout va bien, il dit qu'il est au milieu de ses copies, il pense qu'il va y rester encore un bout de l'après-midi, il ne pourra pas déjeuner avec moi, mais il promet d'être là ce soir, d'accord ?

Pas de problème.

Aucun problème. Je suis là, avec mes objets, et je me découvre petit à petit – je préfère qu'il revienne lorsque je serai totalement nu et impudique – ou quand j'aurai retrouvé un semblant de dignité.

Fabrice est le plus beau cadeau de ces dernières années – même si je ne le lui dirai jamais. Il a aidé à passer tous les ponts. Il a ravivé des couleurs amicales que je pensais enterrées avec le temps. Il enseigne les sciences économiques, une matière qui se trouve à mes antipodes. Il est arrivé au lycée un matin de septembre de l'académie de Lyon, il ne connaissait personne. Je n'avais pas de temps pour lui, ni pour les autres, j'avais une femme et deux enfants à élever, nous avions dix ans de différence, la relation était pliée d'avance. Et puis un soir, Anne s'était rendue à une réunion pour le bien-être de la planète, Mathilde et son frère étaient gardés par mes parents, je me suis retrouvé seul dans la maison et je n'en avais aucune envie. J'ai pris la voiture et je suis allé boire un verre au centre-ville. Il était dix-neuf heures trente. C'était la mi-octobre. Fabrice était le seul attablé à la terrasse du Rodéo – il commençait à faire froid. Je l'ai salué, je l'ai dépassé et puis je suis revenu sur mes pas. Je lui ai demandé si je pouvais l'accompagner – je déteste être seul en terrasse, je me sens vulnérable.

Nous nous sommes trouvé des points communs. Et une foule de points de désaccord. Nous avons parlé jusque tard dans la nuit, il y a eu un restaurant chinois et puis encore d'autres verres dans les bars qui ferment tard. J'ai été obligé de laisser la voiture au centre-ville. Je suis rentré chez moi à pied à trois heures du matin. Cela ne m'était pas arrivé depuis des lustres.

Je me suis senti mieux. Voilà. Il me fait me sentir mieux. Et même bien, souvent – je ne sais pas ce que j'ai pu lui apporter en échange. C'est l'un des mystères de mon existence – je sais ce que les autres me donnent mais j'ignore ce que je peux leur offrir.

Rétrospectivement, je pense que c'est le signe qu'attendait Anne pour se détacher tout à fait. Elle ne voulait pas me laisser totalement seul – elle redoutait de me voir abattu – et elle refusait d'endosser la culpabilité de la séparation. Alors, au lieu de se retourner dans le lit et de faire la tête, à trois heures du matin, cette nuit-là, elle a ri – et elle m'a encouragé à sortir à nouveau de temps à autre. Elle passait régulièrement la soirée dehors, il fallait que les libertés s'équilibrent, disait-elle, afin que personne ne souffre.

Fabrice est devenu mon meilleur ami et l'alibi de ma femme – un alibi subtil, presque une délicatesse.

Devant mon croque-monsieur fade, je pense à Anne.

Je la revois dans l'appartement de Chalavel – le mouvement de ses épaules pour m'inciter à la prendre dans mes bras – le sourire qui commence toujours en coin et s'épanouit lentement – les larmes qu'elle contient en baissant exagérément la tête là où je lève les yeux pour contempler le ciel.

Il y a une photo d'elle – le regard fuyant qui cherche à s'échapper du cadre et un rictus contrit. C'est un double de mon cliché d'enfance. Elle est ancrée dans mon corps comme sous le verre du cadre rouge en bois peint.

De retour à mon stand, il est un peu plus de quinze heures, je pense encore à elle. Je voudrais lui dire que je suis fier. Nous n'avons pas à rougir. Douze ans, presque treize, c'est un nombre d'années conséquent. Notre amour est mort d'une crise cardiaque d'origine dentaire sur la fin du second septennat, mais il y avait eu des signes avant-coureurs et je n'y ai consciemment pas prêté attention. J'avais sans doute envie de mouvement.

De partir – de reconquérir – et de m'alléger – mais j'ai refusé de prendre la responsabilité de la rupture.

Anne, nous nous sommes sauvés mutuellement. Après t'avoir rencontrée, je ne me suis plus jamais réveillé la nuit, en sueur, en me demandant où j'allais, même au milieu des courants et des rapides que nous avons traversés. Et tu as cessé d'avoir les yeux dans le vide, devant ta tasse de café, au matin. Nous nous sommes supportés – comme des supporters. Un travail d'équipe, le couple – je n'ai jamais oublié les paroles d'Annick.

Je m'occupe.

Je réorganise les tables – je cache les silences des objets qui se sont enfuis. J'essaie de partir à nouveau sur les chemins du passé en compagnie des pots à thé, du gaufrier et du tapis afghan, mais ils me refusent l'accès. Ils s'assoupissent sous le soleil. Une dame maigrelette vient acheter une soupière qui ne me rappelle rien, un homme rebondi penche pour un pèse-personne. Quelques livres changent de main, ainsi que d'anciens numéros de *Connaissance du Monde*. Dans la caisse en métal qui me sert de tirelire, j'ai amassé près de trente euros – je les dépenserai ce soir, j'inviterai Fabrice au restaurant, je dilapiderai mes hommages.

Demain, je commencerai à remettre de l'ordre – je demanderai les dossiers d'expatriation, je déposerai les encombrants dans les foyers d'Emmaüs, je rendrai visite aux agences de voyages, j'achèterai des guides. Il faudra aussi que je retrouve la femme de tout à l'heure – il y a plus de quatre-vingt-quinze pour cent de chances que je n'y parvienne pas mais je vais vivre pour les cinq pour cent restants. De toute façon, je décollerai, seul ou accompagné, et j'irai ailleurs remplir de nouvelles armoires.

Je les vois arriver de loin dans la rue de la Cité. Je regarde machinalement l'heure à l'horloge de la cathédrale, quinze heures dix-huit. Anne fait semblant de ne pas m'avoir aperçu. Mathilde est à côté d'elle, Léo est en retrait – il regarde ses pieds. Je dois lutter pour calmer la chamade et le bourdonnement des oreilles. Le dentiste n'est pas venu. Le dentiste sait que je suis là. Le dentiste n'a pas peur de moi – il m'allongerait sur le carreau avec une facilité déconcertante. Mais il me laisse cette journée pour des adieux tacites et solennels. Le dentiste est un mec en or.

Vous approchez – j'ai les mains qui tremblent un peu – c'est pitoyable. Je ferme les yeux – je vous sens à quelques mètres.

Ce qui nous reste, Anne, c'est notre enfant. Parce que nous avons fait un enfant ensemble.

Un seul.

Il s'appelle Léo – il marche un peu derrière toi – il rechigne – on lui a promis monts et merveilles, des gadgets technologiques à bas prix, et il n'y a que de la ferraille, des petites voitures, des jeux de construction sur les stands – il a passé l'âge.

Il est toute ma descendance et toute ma transmission – il ne le devine pas. Tout ce qu'il comprend, c'est qu'il est la dernière roue de notre carrosse et que je ne lui pardonne jamais rien. Tout ce qu'il voit, c'est que sa sœur concentre toute mon attention. Elle en est elle-même gênée, elle m'en fait souvent le reproche maintenant, elle fait front avec son frère – je m'excuse, parfois.

J'essaie de rectifier le tir, mais je n'y parviens qu'imparfaitement.

Depuis la séparation, Mathilde m'obsède. Je me dis qu'un jour ou l'autre, sa mère lui racontera – et je ne serai pas là pour ajouter mes sentiments, mes commentaires – les faits, j'ai confiance, seront exacts. Il n'y a qu'Anne et moi qui sachions. Mathilde, non. Nous avons eu la lâcheté d'attendre et de repousser.

Je voudrais qu'elle m'aime encore.

La phrase se forme tandis que vous vous approchez du stand et que Mathilde esquisse un sourire – un sourire un peu timide, elle ne sait pas bien si elle est vraiment contente de me voir, si elle a le droit de se réjouir, si ce n'est pas une preuve de déloyauté envers son futur beau-père. Le sourire s'élargit doucement, comme celui de sa mère. Elle est quand même heureuse de passer un peu de temps en ma compagnie. Un papa, on n'en a qu'un.

Je pense à mes parents – à leur petite maison avec des parterres de soucis et de pétunias. À mon père et à sa collection de monnaies du monde et à cette pièce de dix centimes d'euro émise en Finlande qu'il ne parvient pas à obtenir. À ma mère et à sa passion pour les programmes de télévision où les invités viennent dévoiler leur part d'ombre. Ils disent de Mathilde qu'ils ne la comprennent pas toujours – qu'elle me ressemble.

C'est le plus beau des compliments qui puisse m'être fait – c'est aussi le plus faux.

Vous êtes devant moi, à présent. Ma non-fille s'avance vers moi, je fais maladroitement le tour des tables, une étagère de livres vacille mais je la retiens.

Ton corps contre mon corps – tes cheveux sentent la pomme – je sais ce que je veux t'offrir. Il est là, à quelques centimètres de ta main. Il est noir avec de fines dorures. Il est comme ta vie, désormais. Tu en feras ce que tu en voudras.

Un stylo plume noir à fines dorures

C'est mon grand-père qui m'a donné ce stylo – j'avais l'âge de Mathilde. Je passais toutes mes vacances chez mes grands-parents maternels, dans le sud-ouest de la France. Ils habitaient une ferme isolée à la sortie d'un quartier périphérique. De la mi-juillet à la mi-août, les demeures avoisinantes étaient délaissées – leurs habitants partaient à la mer ou même à la montagne. Je n'ai jamais rencontré un seul garçon ou une seule fille de mon âge – et quand bien même j'en aurais rencontré, qu'aurais-je bien pu leur dire ? J'étais là pour un mois, en transit – je n'avais rien de très intéressant à offrir.

Derrière la maison, il y avait un grand champ divisé en deux – une parcelle pour le maïs, une autre pour le potager. J'aidais à cueillir les pommes de terre, les tomates, les haricots verts. Je regardais les poules et les lapins. L'ennui me tombait dessus dès le deuxième jour. Les heures passées à taper avec une balle en plastique sur le mur en crépi gris et à essayer de battre un record de rebonds dont j'étais le seul détenteur – trois cent quatre-vingt-six rebonds sans jamais toucher un volet ni une fenêtre – j'étais très fier de moi, mais il n'y avait personne auprès de qui me vanter. Parfois, je variais, je faisais la même chose, mais avec une balle et une raquette de tennis. Je pouvais tenir des heures pendant que le vieux regardait le Tour de France et que ma mère discutait avec sa propre mère sur le banc en bois vert.

Mon père ne nous rejoignait que tard – pour la dernière semaine – avec la voiture. À ce moment-là, on allait quand même se promener dans les montagnes qu'on voyait à l'horizon.

Jusqu'à sept ou huit ans, je crois que j'y ai trouvé un peu de plaisir, aux vacances. C'est ensuite, année après année, que les forces m'ont lâché et que les digues ont cédé – je me suis vautré dans la lassitude – j'ai soupiré des journées entières.

Lorsque c'est devenu trop pénible, ma mère a décidé de m'amener à la piscine. Les corps bronzés plongeaient et riaient en bandes, j'étais sur ma serviette, j'attendais. J'attendais de rentrer parce que, dans notre ville, je pouvais faire partie d'un de ces groupes qui sautaient dans l'eau en faisant du bruit – j'avais l'identité des bâtiments, je me reconnaissais dans les autres – je comptais mentalement les années qui me séparaient de la majorité. Un tiers de la vie que j'avais déjà vécue à attendre encore.

C'est à ce moment-là, la bibliothèque.

En désespoir de cause, un jour où j'étais resté assis sur le banc dans le jardin pendant trois heures, sans rien faire, ma mère a décidé de m'acheter un cahier de vacances – nous avons pris le bus pour nous rendre au centre-ville, nous sommes entrés dans une librairie-maison de la presse, et tandis qu'elle demandait conseil à la vendeuse et qu'elle feuilletait *Paris-Match*, je suis parti me perdre dans les livres de poche et les romans policiers. Lorsqu'elle m'a rejoint, ma mère a dit qu'on ne pouvait pas acheter de livres, c'était un peu cher, mais on pourrait peut-être aller à la bibliothèque municipale – même si nous n'étions pas du coin.

Il a fallu deux expéditions pour mener à bien son projet – la première fois, elle n'avait pas les papiers adéquats, des attestations de domicile de ma grand-mère que celle-ci a cherchées en maugréant qu'un gamin de douze ans, si ça ne sait pas s'occuper dehors, alors c'est que l'éducation est mauvaise.

La deuxième fois, ma mère est entrée, elle s'est assise sur une des chaises en velours rouge de la grande salle, les jambes serrées l'une contre l'autre, elle a réprimé un bâillement et puis elle a fait semblant de s'intéresser aux romans qui se trouvaient sur l'étagère la plus proche de sa chaise. C'était les F, les G et les H – elle a tiré un roman des sœurs Groult – elle pensait que c'était un roman d'espionnage – elle en a lu une page – j'ai vu son visage – il ressemblait au mien devant le mur en crépi gris.

J'ai eu pitié d'elle – et le sentiment de culpabilité qui a suivi m'a bouleversé. Je l'ai rejointe et je lui ai dit que je reviendrais une autre fois seul, si elle voulait bien – ce n'était pas si loin, je savais prendre le bus – je ne risquais rien et au moins, elle ne m'aurait pas dans les pattes. Elle a écarquillé les yeux, elle a montré la salle et elle a dit « mais tu n'as rien trouvé, avec tous les livres qu'il y a ici ? ». Je n'ai pas répondu. Nous sommes allés boire un diabolo citron et une menthe à l'eau.

À partir de ce moment-là, l'embellie.

J'ai passé cet été-là dans la bibliothèque – c'était l'été d'avant le bob bleu rayé de blanc. Je m'asseyais à la grande table en bois dans la salle d'étude – je prenais des livres de géographie, d'histoire et de sciences naturelles – je cachais le livre de sciences naturelles et ses planches d'anatomie sous les photos du lac Titicaca au Pérou. J'aimais l'odeur de l'encaustique et celle de la poussière.

Josiane Lefebvre travaillait dans cette atmosphère depuis de nombreuses années. Elle avait les cheveux blancs relevés en chignon et portait invariablement des tailleurs sombres, même au plus fort de l'été. Elle avait plus de cinquante ans. Elle me saluait en début d'après-midi, me jaugeait et puis, vers trois heures et demie, elle venait discuter un peu avec moi – regarder ce que j'avais emprunté, conseiller d'autres titres.

Les romans, c'est elle.

Elle est venue me voir un jour avec un livre qui parlait d'enquêtes policières dans un manoir et dans un train filant vers l'est. Je l'ai dévoré. Elle a poursuivi avec des histoires de garçons et de filles un peu plus vieux que moi – de l'amour et aussi des conflits parentaux. J'ai eu un peu plus de mal au début, mais tout s'est précipité sur la fin, j'ai avalé les pages. S'en sont suivies des escapades dans le Grand Nord, des cordées alpines et puis, vers la fin de l'été, une fille de mon âge qui racontait ses vacances et laissait deviner ce qui arrivait à sa sœur, en août.

Je les commençais à la bibliothèque et je les empruntais – j'avais le droit d'en emporter jusqu'à cinq, alors que le nombre était normalement limité à trois, mais Josiane m'avait fait un clin d'œil en disant que s'il n'y avait plus de passe-droit, alors, la bibliothèque ne rimait plus à rien.

Au début, cela a détendu l'atmosphère, dans la famille. Je ne soupirais plus dans le jardin, je ne faisais plus de bruits agaçants contre le mur, j'avais l'air de trouver un certain plaisir à être là, les grands-parents n'en revenaient pas, ça doit être l'âge, tant mieux, il mûrit. Ma mère pouvait deviser avec la sienne de la vie des voisins et des catastrophes dans le monde. Le grand-père travaillait aux champs et s'abreuvait de cyclisme télévisuel et je n'étais plus dans ses pattes – le paradis sur terre.

C'est au bout de dix jours – et d'un reportage sur les activités de l'été sur la première chaîne – lors d'une conversation, que ma grand-mère a quand même osé lâcher ce qu'elle avait sur le cœur – ce n'était pas très normal pour un gamin de mon âge de rester des heures entières à lire à l'intérieur au lieu de jouer dehors – on dirait qu'il n'aime bien être que dedans. Ma mère, l'air perplexe. Elle hausse les épaules et puis elle vient me voir dans la chambre, elle dit que je vais m'abîmer les yeux avec tous ces livres, je n'ai qu'à aller à la piscine avec elle.

Non.

Alors aller un peu m'ébrouer dans la cour – prendre de l'exercice – courir – faire du sport. Je la regarde et je lui demande ce qui ne va pas. Elle a un petit mouvement de recul. Elle parle de ma santé. Je réponds qu'elle n'a pas à se faire de souci, et maintenant si elle pouvait redescendre caqueter, ça m'arrangerait. Elle n'a jamais entendu ce ton dans ma voix. Elle se fâche. Elle envoie valser les livres à l'autre bout de la pièce.

C'est trop tard.

Quelques jours plus tôt, elle aurait sans doute gagné le combat, les lignes se seraient entrelacées, l'intrigue m'aurait échappé, les mots auraient perdu de leur sens. Mais à présent, elle m'a laissé trop d'espace de liberté et je sais reconnaître mes alliés. Des phrases viennent se cogner à mon front – des bribes de romans sentimentaux – *il la regarda avec des éclairs dans les yeux, sa bouche se plissa en un rictus de haine, il soutint son regard pendant une minute environ et c'est elle qui baissa les yeux.*

C'est elle qui baissa les yeux.

Ma plus amère victoire – je n'ai jamais retrouvé ma mère depuis. Mon père non plus. Nous passons des dimanches ensemble à ne surtout parler de rien. Ma mère décrit par le menu la dernière émission de chutes et de gags qu'elle a vue ou la publicité qui vante les mérites de tablettes révolutionnaires pour machine à laver la vaisselle, un côté bleu pour le sale, un côté blanc pour le propre ; mon père grommelle un peu et me demande ou me donne des nouvelles de gens que je n'ai pas revus depuis des lustres, et puis il va soigner ses légumes dans le jardin.

Entre nous, il y a la bibliothèque – mais il n'y a pas qu'elle. Entre nous, il y a le portrait figé dans le cadre rouge en bois peint – il y a le hamac et son mouvement de balancier – il y a ce bob que je n'ai pas su porter – et maintenant, bien sûr, le cendrier, la femme, les enfants.

Mes parents ont toujours été très heureux de garder leurs petits-enfants. Ce sont les petits-enfants qui étaient plus réservés. Léo n'avait le droit de toucher à rien, lui qui avait tendance à sauter partout – et il finissait toujours par bouder sur les marches du perron. Mathilde, c'est autre chose.

Mathilde – pendant toute une période, mes parents n'ont eu que son prénom à la bouche. Des photographies de Mathilde dans toute la maison – elles ont remplacé les miennes. Mathilde souriant, Mathilde avec des fleurs, Mathilde avec le chat, Mathilde mangeant des cerises. Elle était devenue leur religion. Ma mère expliquait qu'en fait, elle aurait sans doute voulu une fille, c'est moins dur d'élever une fille.

Donc, ça avait été dur de m'élever, moi – soit.

Et puis un jour, elle devait avoir presque sept ans, Mathilde a tout gâché. Elle a apporté un petit livre qui parlait d'un rat vert qui allait dans l'espace. Elle n'a pas voulu aller dire bonjour au chien de la voisine, ni cueillir des pissenlits avant d'avoir fini le livre du rat vert. Ma mère a insisté. Mathilde s'est butée. Ma mère a lancé « tu es comme ton père » et la hache de guerre a été déterrée.

Comme ton père.

Je revois Anne, dans la chambre de la rue Marcadet.

La première nuit ensemble, nous avons dormi. Nous nous étions éclipsés de sa soirée d'anniversaire, laissant Chalavel sur son fauteuil – nous avions marché longtemps avant de trouver un taxi et quand enfin nous en avions dégoté un, nous avions déjà fait les trois quarts du trajet, cela ne valait plus le coup. En arrivant chez moi, je me suis écroulé sur le lit. Elle ne m'a pas déshabillé.

La deuxième nuit, il n'y a presque pas eu de mots – il y a eu des étoffes, des maladresses, des gestes un peu trop brusques, une fermeture Éclair qui se coince, des corps qui ne battent pas la même cadence – et puis cette amertume du milieu de la nuit, quand aucun des deux ne parvient à dormir et que les questions trottent comme des chiots affamés dans l'appartement silencieux. À trois heures du matin, elle s'est relevée et a fait couler un café. Je l'ai rejointe. À quatre heures du matin, des confidences autour des bols sales. Elle a dit cette impression d'être prise au dépourvu, le fameux carrefour et quel chemin choisir, et cette impossibilité viscérale d'imaginer le lendemain, aucun plan précis, la brume qui envahit les pensées, tout ce que je peux faire c'est mettre un pied devant l'autre.

Anne a déménagé pendant toute son enfance et son adolescence au gré des mutations d'un père qui travaillait dans la construction de centrales nucléaires – elle rêvait de se poser dans un endroit anonyme et de s'y faire une vie transparente.

Je lui parle de la ville de province d'où je viens – j'utilise des mots plats et rébarbatifs, je dresse le portrait de l'ennui du dimanche et du désert culturel.

Elle rit et elle réplique que c'est tentant. Elle redevient sérieuse, tout à coup, elle dit « oui, je suis tentée ».

J'essaie d'imaginer la vie avec elle, dans cette ville qui m'a vu grandir, avec la proximité gênante de mes parents et de tous ces gens que je connais de vue. J'y parviens.

Lorsque nous nous endormons, le soleil se lève – nous n'allons pas travailler – nous aurons des explications à fournir.

La troisième nuit, elle parle du verbe construire. Elle dit que c'est à ce moment-là, lorsque je l'ai conjugué au présent simple dans l'antichambre de Chalavel, qu'elle a décidé de partir avec moi. Parce que construire, c'est un verbe qui l'obsède en ce moment, elle y pense toute la journée. Elle passe devant un mur décati, devant une tour en verre, devant un jardin public et elle conjugue le verbe à tous les temps de l'indicatif. Elle ajoute que c'est étrange parce que, jusqu'à présent, elle l'a toujours trouvé encombrant, ce verbe. Ridicule et puis tellement pauvre. Il avait des relents de pavillon préfabriqué et d'automobile à faire reluire. Mais depuis quelque temps, elle se voit en salopette avec un casque sur la tête, plâtre et ciment, une rangée après l'autre – bizarre, non ?

C'est cette nuit-là aussi que nous trouvons le rythme commun que nos corps recherchaient.

Le même réveil, vers quatre heures du matin – et cette fois-ci, sur la table de la cuisine, des projets. De grandes feuilles de papier quadrillé – des cahiers orange – des mises à plat financières et professionnelles. Il faudrait que je réussisse le concours auquel je me suis inscrit – ensuite, nous pourrons déménager. Elle tentera de trouver un travail dans ses domaines de compétence, mais elle est prête à tout accepter – serveuse dans un restaurant ou employée dans une station-service – il faut bien recommencer quelque part.

Au matin, nous nous regardons, inquiets tout à coup. Nous allons beaucoup trop vite en besogne. Nous jetons les cahiers orange et les feuilles de papier quadrillé.

La quatrième nuit, c'est celle où l'on règle les comptes du passé, où on l'abat à coups de crosse. Une nuit de cigarettes et de café froid, où, les pieds ramenés sous les fesses, en frissonnant un peu, on distille les informations, les désillusions et les meurtrissures – on les fait flamber mentalement dans le salon comme le mannequin du bonhomme Carnaval – une purification, un exorcisme.

La cinquième nuit, la fatigue est telle que nous nous endormons à peine rentrés du travail. Le téléphone est décroché. Le bras au travers d'un autre corps – un beau début.

Nous prenons notre rythme. Nous nous habituons à notre présence.

À la fin du mois de mars, cela fait deux semaines, quatorze nuits ensemble, je passe les écrits des concours. Le dernier jour des épreuves, je rentre chez moi, elle a laissé un mot, elle est retournée dans son appartement, elle veut que je la rejoigne.

Elle ouvre la porte. Elle me laisse entrer. Elle est très tendue. Elle dit que c'est sans doute la dernière fois que nous nous voyons, elle ne va pas y aller par quatre chemins, elle vient d'apprendre qu'elle est enceinte, cela faisait déjà cinq ou six jours de retard, elle s'est inquiétée, elle a fait les examens pendant que je passais les miens – voilà – enceinte, donc, de trois à quatre semaines, point barre. Enceinte, donc, mais pas de moi.

Le vide.

L'impression que la vie s'enfuit à nouveau par tous les pores de la peau et qu'elle coule, liquide, rouge, violente, elle se déverse sur le carrelage, elle éclabousse le réfrigérateur, elle se glisse sous la porte d'entrée, elle dévale les escaliers, elle est dehors. Je devrais être dehors également et pourtant, je suis dedans. Je n'ai jamais été aussi lucide – aussi attentif. Encore aujourd'hui, je pourrais décrire avec exactitude la position de ses jambes, la place exacte de la lampe verte, les chiffres sur le radio-réveil, deux un trois quatre – il est vingt et une heures trente-quatre. Je ne sais pas pourquoi j'ai demandé d'abord si le père était au courant – je n'avais pas besoin de demander qui il était – je pouvais aisément le deviner.

« Non. »

– Et tu vas le lui annoncer ? – Je ne crois pas... tout dépend ; tu ne me demandes pas si je veux le garder ? – Ce n'est pas à moi de faire le choix.

Je me souviens de ma petite prière égoïste. Je m'en suis souvenu pendant des nuits entières. Parfois encore, elle revient me hanter et me réveiller vers trois heures du matin et la migraine pointe. J'ai prié pour les couloirs de l'hôpital, je l'accompagnais bien sûr, je lui disais que tout allait s'arranger, ce n'était qu'un mauvais moment à passer, cet amas d'ovules et de spermatozoïdes n'était même pas un bébé, dans le jargon des gynécologues, cela s'appelle une morula, le nom est très laid, il ne correspond à rien, alors il n'y a pas de regrets à avoir – au sortir du bloc, elle pleurait bien sûr, mais je la soutenais, tu vas voir, nous allons être si heureux ensemble, nous aurons plein de petits bébés, prends ma main, l'avenir est radieux.

« Le choix est déjà fait, je le garde – c'est pour ça que tu peux partir si tu le veux – maintenant. »

La plupart des gens disent que dans leur existence, ils n'ont pas eu le choix. Manque de moyens, manque de repères, manque d'amour – ils sont devenus ce qu'ils sont par obligation. Cela ne sera jamais mon cas. Ce jour-là, j'ai clairement vu se dessiner la fourche, dans le salon jaune d'Anne. Les deux chemins partaient d'un point entre mon nombril et mon plexus, se côtoyaient pendant quelques mètres et puis s'élevaient, de plus en plus divergents, de plus en plus étrangers l'un à l'autre. À droite, il y avait l'appartement que l'on quitte, à l'extérieur, c'est le printemps, la nuit est douce, à vingt-deux heures je peux encore trouver un restaurant où dîner seul et demain, je ferai ce que je veux – toujours tout ce que je veux, je pourrai retourner travailler ou donner ma démission, rester dans la capitale ou chercher un autre port d'attache, aller au gré des rencontres, les épaules juste un peu effacées, comme absentes, mais le regard souriant quand même, les lèvres qui s'efforcent d'y croire encore. À gauche, il y a ce sentier inégal sur lequel il est facile de se fouler la cheville, des sous-bois un peu trop sombres, des trouées un peu trop éclatantes, je lui tiens la main et nous sommes trois.

Elle a dit par la suite que le silence, à ce moment-là, avait été insupportable.

Je ne me souviens pas d'avoir été muet.

Je me souviens seulement de mon œil gauche attiré par le chemin le plus facile et le plus léger, les mots de remords qui se forment, les mains qui se tordent un peu et puis, au moment de prononcer la rupture, le revirement : je suis sur la voie de gauche, sous les frondaisons, il fait frais, le soleil ne passe que par intermittence et pourtant, je suis chez moi.

Je me suis raclé la gorge et le bruit m'a fait sursauter – les chemins ont disparu. Je suis brutalement revenu sur mon assise – un canapé vert – il y avait une tache ancienne sur l'accoudoir – un verre de vin renversé dans une vie antérieure – Chalavel avait été maladroit.

« Je... je crois que je vais rester. »

Elle s'est mise à pleurer comme je ne l'ai jamais vue pleurer par la suite – même au plus fort de la douleur de l'accouchement, même dans les moments d'agacement les plus intenses, même à l'annonce du décès de monsieur Leaumes, même quand nos malentendus dégénéraient en disputes, même lorsque Chalavel est revenu nous hanter.

Je n'ai pas pleuré – j'ai juste senti le creux dans la cage thoracique – le plongeon qui coupe le souffle – je vais me fracasser le crâne contre les rochers – il y aura du sang sur la plage – et l'eau, soudain – qui gifle et qui cogne – j'ai mal mais je suis sauf – la respiration est difficile, les mouvements sont désordonnés mais je sais nager, je vais nager jusqu'au rivage, je vais m'allonger sur le sable, je vais bien, je vais bien, je vais bien.

C'était la quatorzième nuit – un pari fou.

Aujourd'hui encore – après toutes ces années et les visages qui se sont effacés, les lieux qui ne retrouvent plus leur place, les souvenirs qui se décalent, les airs qui ne collent plus avec les paroles, les séparations qui deviennent des crevasses et des gouffres, je suis fier d'avoir parié.

Fier et heureux.

Aujourd'hui, elles sont là, devant moi – toutes les deux. Léo est en retrait, bien sûr. Il fait semblant de s'intéresser au stand voisin – le numéro 109 – il prend des objets, les retourne, les replace – il ne cherche pas son bonheur, il cherche la paix et je me sens plus proche de lui que je ne l'ai jamais été.

Anne ne sourit pas – elle observe les objets que j'ai à vendre, elle essaie d'invoquer leur souvenir, elle ausculte leur provenance, elle sait qu'ils ne sont pas à elle et quand bien même, elle n'aurait pas le front de me les réclamer – elle regarde seulement les fragments épars d'une existence qu'elle a partagée et à laquelle presque aucun de ces bibelots ne la renvoie.

Parce que j'ai existé seul avant – que j'existe seul aujourd'hui – et que demain, je serai aussi léger qu'une plume, je m'envolerai et il sera difficile de me rattraper. Je sens d'ores et déjà l'air dans les poumons et l'envie d'aller plus haut, plus loin – au sommet des montagnes – dans des grottes peintes – au fin fond de déserts rocailleux.

Elle demande comment ça se passe. – Bien. – Tu as vendu un peu ? – Un peu, oui. Et vous, vous avez trouvé quelque chose ? – On arrive. – Tu cherches un truc précis ? – Un arrosoir, mais non à part ça, rien. – Je n'ai pas d'arrosoir. – Je sais.

Mathilde se dandine d'un pied sur l'autre – c'est un tic qu'elle a pris de moi, comme l'habitude de poser son index gauche sur le nez quand elle réfléchit. Plus le temps passe et plus elle calque mes expressions – elle devient ce qu'elle n'est pas, je ne sais pas quand nous aurons le courage de le lui dire. Dans quelques années, je suppose. Je serai déjà loin, Anne lui demandera de la rejoindre dans le salon du dentiste – son frère sera parti chez des copains, le fossoyeur de canines officiera dans son cabinet, elles s'assiéront toutes les deux sur les fauteuils en cuir rouge, le soleil entrera par la fenêtre ouverte. Anne évitera d'abord le regard de sa fille. Elle dira qu'elles ont des choses importantes à discuter et Mathilde soupirera « mais, maman... » et elle enchaînera de façon très naturelle qu'elle est déjà au courant pour la sexualité, les risques, le plaisir, le caoutchouc, le latex, la langue – elle exagérera un peu, elle parlera même des différentes positions, de multiples partenaires, juste pour voir sa mère s'empourprer et perdre ses repères – une attitude qu'elle pourra détailler dans la prochaine conversation qu'elle aura avec ses amies. Mais Anne l'arrêtera – elle lèvera simplement la main gauche et elle dira d'une voix monocorde « ce n'est pas de cela que je voulais te parler ».

Mathilde n'est au courant de rien.

Je sais – ce n'est pas bien – mais personne n'a jamais été à notre place et personne ne peut nous donner de conseils.

Nous avions prévu de le lui apprendre. Dans ce que nous imaginions, elle grandissait avec mon prénom pour me nommer et maman pour désigner Anne – elle savait d'emblée qu'il y avait une différence dans l'approche qu'elle devait avoir de nos relations. Vers cinq ans, un jour, à la piscine, elle posait des questions et la réponse venait naturellement – elle hochait la tête, elle n'était pas surprise, papa, c'était donc le monsieur qu'elle voyait de temps à autre et avec qui elle allait à la foire du Trône et à la tour Eiffel – c'est normal, il insistait toujours pour qu'elle l'appelle papa. Lorsqu'elle revenait de ses escapades à Paris, je l'attendais sur le quai de la gare, Chalavel me serrait la main – nous nous regardions droit dans les yeux – il y avait du défi mais aussi du respect.

Mais il n'y a pas eu d'escapades à Paris – parce qu'il n'y avait plus de Chalavel.

Cela faisait deux mois que nous avions retrouvé la ville de province. Elle était enceinte de seize semaines.

Je me souviens du départ.

C'était un dimanche matin. Nous avions demandé de l'aide. Quelques collègues devaient venir. Personne ne s'est montré. Plus tard dans la matinée, il y a eu des messages angoissés, des excuses aplaties, des phrases larmoyantes, des signaux d'alarme – du carton-pâte. Trois étages à descendre avec des meubles, à l'autre bout de la ville, extra-muros, un dimanche matin, c'est quand même beaucoup demander.

Deux appartements à vider.

Deux lits, deux armoires, deux télévisions, deux réfrigérateurs, deux machines à laver, tous les cartons de livres – cela nous a pris toute la matinée.

Nous nous sommes retrouvés dans la rue Marcadet avec nos meubles autour de nous. Nous les avons chargés dans le petit camion que nous avions loué. De temps à autre, je lui passais la main sur le front, puis sur le ventre, mais le geste l'embarrassait – il faudrait du temps encore. Je ne me suis rendu compte qu'une fois sur le boulevard de ceinture que je n'avais même pas embrassé du regard ma rue et mon quartier. C'est à présent une image qui me manque – je la cherche dans les yeux d'Anne, mais elle me fuit.

Dans le camion, une fois les périphériques éloignés, nous nous sommes détendus – nous intégrions une nouvelle identité, nous devenions une famille nucléaire modèle, nous en avons ri. Nous avons habité la petite maison de mes parents, le temps de nous retourner, même si nous étouffions. Ma mère aurait voulu que nous restions davantage. J'avais démissionné de la multinationale – je passais les oraux des concours. Anne avait obtenu un licenciement à l'amiable auprès de notre employeur – elle avait brodé une fiction plausible, il était une fois une femme qui tombe enceinte d'un homme dont elle est amoureuse mais qui vit en province, que doit-elle faire ? L'employeur avait été ému – sa fille venait de quitter le cocon familial et il trouvait qu'il n'avait pas passé assez de temps avec elle.

Notre premier appartement – dans la vieille ville. De la fenêtre de ce qui allait devenir la chambre d'enfants, on voyait la cathédrale et je me disais que la boucle était bouclée et que tout était en ordre. Je me suis essayé à la plomberie et à l'électricité, avec mon beau-père – les parents d'Anne sont venus nous rendre visite plusieurs fois pendant les premières années – ils ne connaissaient pas l'existence de Chalavel – ils ne connaissaient que moi, ils m'appelaient « le papa » – « et le papa, il en dit quoi ? », « et le papa, il préfère quelle couleur pour le papier peint ? ». Le papa n'en savait rien, le papa ne risquait pas de décider quoi que ce fût. Curieusement, les appellations impersonnelles m'ont aidé. Je me suis senti père grâce à elles – d'autant qu'Anne aimait continuer sur la même tonalité ironique, jusqu'à ce que l'ironie disparaisse et qu'elle commence à douter.

Elle passait des heures à refaire le carrelage et à poncer le parquet. Ensemble, nous avons retiré le papier lie-de-vin, nous en avons posé du jaune, un jaune qui aveuglait le soleil quand il entrait à flots. Nous voulions vivre en pleine lumière. Les beaux-parents ont fini par nous octroyer un virement assez conséquent qui nous a permis de tenir la tête hors de l'eau jusqu'aux résultats des concours.

J'ai été reçu sans gloire – l'année suivante, j'allais rentrer dans l'Éducation nationale – j'enseignerais l'anglais. Anne était enceinte de six mois.

Au septième mois, c'était juillet – elle a reçu un colis réexpédié de son adresse parisienne. Dedans, il y avait un bracelet en or, un pull-over d'un bleu indécis, quelques lettres et quelques photographies. Elle a tout jeté à la poubelle, mais nous avons passé une mauvaise nuit. Au petit matin, c'est moi qui lui ai dit qu'elle devrait téléphoner à l'expéditeur – même si c'était dur. Je voulais qu'il sache, même si cela allait fatalement compliquer la situation. Elle s'est butée, ce qu'elle ne faisait jamais, elle a maugréé, mais elle savait que j'avais raison.

Elle a décroché le téléphone le 11 juillet. Il n'y avait personne au bout du fil – elle n'a pas voulu laisser de message. Elle a dit qu'elle essaierait un peu plus tard – généralement, il rentrait de vacances à la mi-août. Le 14 août, nous avons reçu un autre courrier réexpédié – avec au dos une adresse en Normandie au nom de M. et Mme Chalavel. Il contenait l'avis de décès. Par la suite nous avons appris que Nicolas Chalavel s'était tué en moto à la sortie de Paris, il partait passer quelques jours à la mer – une visite familiale.

Le choc avait été frontal, il n'avait pas eu le temps de souffrir.

Mathilde est née le 9 octobre – je venais à peine de découvrir la rentrée scolaire, les élèves, la formation. Nous étions imparfaitement préparés aux nuits sans sommeil, à la fatigue accumulée, aux maladies infantiles – la vie a chassé la mort – nous n'avons pas eu le temps de faire le deuil. Nous sommes tombés d'accord tous les deux tacitement – c'était un soir de juin de l'année suivante – Mathilde venait de prononcer les deux syllabes magiques et Anne m'a serré le bras sans me regarder – elle a simplement dit « c'est toi, son père ».

Mais lorsque je la regarde, maintenant.

Tandis qu'elle grandit et que ses traits s'affinent – tout le monde dit qu'elle ressemble à sa mère et que son frère me ressemble, un partout, il n'y a rien de plus inexact. Elle tourne la tête dans la lumière et d'un seul coup, je le vois, dans l'embrasure de l'antichambre – il n'aurait jamais pu deviner à quel point j'allais devenir le maillon de sa vie, son enchaînement – sa courroie de transmission.

Mes mains tremblent un peu et je les cache dans les poches arrière de mon pantalon. Mathilde demande si les affaires marchent et je fais comme ci, comme ça. Je ne te parle pas de ton passé, je ne parlerai pas non plus de mon avenir – dans les deux cas, je serai un père absent mais cet après-midi, je suis au plus près de toi, je veux que tu gardes cette image-là, quoi que tu fasses, quoi qu'il advienne, je serai là si tu as besoin de moi.

– Tu as vendu quoi ? – Des boucles d'oreilles. – Hein ? À qui elles étaient ? – À moi. – À toi ? – Oui. Un vieux souvenir. – Tu portais des boucles d'oreilles ? – Une. Mais c'était il y a longtemps.

Mathilde marque un temps d'arrêt. La figure paternelle vient d'en prendre un coup. Elle a un petit mouvement du menton, elle continue, elle veut tout savoir. Je détaille : la couverture en laine jaune, c'était lorsque tu étais toute petite, le cadre rouge en bois peint, c'était quand j'avais six ans, le hamac, c'est toute une histoire, le cendrier, ça n'a aucune importance. Ah, et puis Fabrice a pris un livre, aussi.

– Il est où, Fabrice ? – Il est reparti chez lui, je pense qu'il fait la sieste. Il y a quelque chose qui te tente sur le stand ?

Elle réfléchit – et pendant ce temps son frère me regarde par en dessous. Je m'approche et je le prends dans mes bras. Il ne veut pas de ce contact, il ne veut pas de cette barbe qui pique ni de ces épaules un peu trop rudes, il voudrait la douceur de sa mère. Il ne se débat pas, parce qu'il a huit ans et qu'il sait qu'il y a des passages obligés dans les relations père-fils, mais son corps se tend dans le refus – j'ai momentanément perdu la bataille. Dans quelques années, peut-être – l'approche de la trentaine, une vie sexuelle au point mort, des questions plein la tête, il voudra savoir ce que je pense – il téléphonera – il composera le préfixe de l'étranger – papa, est-ce que je pourrais venir aux prochaines vacances, ou bien là, maintenant... enfin... je suis... ça ne te dérange pas ?

Je le repose tandis que sa sœur tourne et retourne les objets sans aucun commentaire – mine de rien, elle cherche aussi ce qui pourrait être à elle. Mine de rien, elle se demande où ils étaient, tous ces bibelots – et elle a des intuitions de la vie avant elle, peut-être même de la vie avant sa mère, elle tente brièvement d'imaginer ce que cela pouvait être, elle n'y parvient pas, elle met la main sur le stylo plume noir à fines dorures. Elle a l'âge de la papeterie fantaisie, des jeunes filles en fleurs dessinées sur le papier à lettres, des enveloppes avec des cœurs et un couple enlacé près de la mer. L'âge du journal intime qui ferme à clef – celui-là même que des années plus tard on ouvre en rosissant et à la lecture duquel on pâlit soudain – est-ce que vraiment j'étais si gourde, je me croyais plus fine que ça – et on le rejette dans le carton, il va s'écraser sur les photos, on scotche à nouveau le carton et on écrit au feutre noir « cave », mais on ne sait pas encore que la nouvelle cave est inondable. Lorsqu'il y aura de gros orages en août, on retrouvera les cartons flottants, on se dira avec un haussement d'épaules, bon, il n'y a pas de drame, on va envoyer tout ça à la déchetterie, on sait maintenant qu'on ne peut rien entreposer en bas.

Elle a le stylo plume dans les mains.

C'est exactement ce que je voulais te donner, Mathilde. C'était le même été. L'été de la bibliothèque. Lorsque je n'étais pas dans la salle de lecture, je passais mon temps à l'intérieur, dans la maison de mes grands-parents, affalé sur le lit. J'écoutais les voix du monde en tournant la molette du poste à galène, la Pologne, la Suède, l'Angleterre – tout ce qui restait à explorer, le monde qui se découvre, loin de cette toute petite ville, dans cette toute petite vie. Je m'immergeais dans les meurtres perpétrés au cœur des manoirs écossais et dans les frissons montagnards, j'étais auprès des lions dans la savane et je prenais garde à la douceur des choses.

Mon grand-père est entré dans la chambre.
Ou, plus exactement, il a frappé à la porte.

Je me souviens que le bruit m'a fait sursauter. C'était la première fois que quelqu'un frappait à la porte de ma chambre. D'un seul coup, on me reconnaissait une existence, une privauté, un droit. J'aurais voulu lancer un « entrez ! » autoritaire mais les mots se sont bloqués dans la gorge, c'est un filet ridicule et enroué qui est allé mourir sur les murs.

Mon grand-père était là, les mains dans le dos – sur le pas de la porte. Je lui faisais face. Nous sommes restés silencieux un moment et puis il s'est éclairci la voix et il a dit que ma grand-mère lui avait demandé de monter voir ce que je fabriquais.

– Rien. Je lis. – Ce n'est pas bien pour un gamin de ton âge de ne pas s'aérer. – Je sais. Mais je n'ai pas envie de m'aérer, je m'ennuie. – Tu n'as pas de copains avec lesquels jouer ? – Il n'y en a jamais eu. C'est loin de tout, ici.

Il hoche la tête. J'entends les phrases que je formule. Elles sont audibles et tranchantes. Je ne me reconnais pas. Je suis devenu un de ces héros de roman policier anglais – face à l'enquêteur, je fais preuve d'une froide détermination, je ne me laisserai pas livrer pieds et poings liés, rira bien qui rira le dernier.

Mon grand-père ne rit pas. Il se dandine un peu – et cela me perturbe. Je me vois dans les moments difficiles – une interrogation surprise au tableau en histoire-géographie, un interrogatoire en règle suite au bris de la vitre de la cuisine par une balle suspecte – j'ai le même mouvement de balancier. Il dit « alors, tu lis ? » et ce n'est pas une question, c'est comme une constatation à la fois désabusée et craintive – je hoche la tête. Il considère la réponse, sa peau burinée se plisse par endroits et il me dit que dans ce cas, il a peut-être quelque chose pour moi, que je dois le suivre au grenier.

Je n'ai jamais eu le droit de monter au grenier.

C'est un endroit qu'on m'a peuplé de rats et de chauves-souris lorsque j'étais plus jeune et j'y ai ajouté mentalement des corps de pendus et des crochets de boucher sur lesquels trônent des têtes. J'ai douze ans maintenant, pourtant, l'appréhension est toujours là. La peur mais aussi l'excitation – la chasse au trésor – et là-haut, il y a quelque chose pour moi.

À l'arrivée, nous sommes là, mon grand-père et moi, un peu voûtés parce que le toit est juste au-dessus de nous – et la pièce est décevante. Poussiéreuse, un plancher brut qui craque, chaude dans l'après-midi d'été, silencieuse – il n'y a pas âme qui vive. Les chimères ont fui depuis longtemps – je soupçonne même qu'elles n'ont jamais existé.

Je cherche des yeux des malles ou des coffres dans lesquels auraient été entreposés des vêtements du siècle dernier, des grimoires, des potions magiques – mais il n'y a que de banals cartons et deux ou trois meubles sans histoires. Mon grand-père se dirige vers un bureau en acajou aux pattes tremblantes – un sous-main vert en cuir, un trou pour l'encrier mais l'encrier a disparu. Il ouvre un tiroir dissimulé, il saisit quelque chose que je ne vois pas, il referme vite la boîte de Pandore, j'ai le cœur qui bat à tout rompre – des images de sorcellerie et de meurtres viennent se disputer la primeur – il se retourne et me le tend, la main ouverte.

Un stylo plume.

Je serre les lèvres. J'ai du mal à cacher ma déception. Je ne vois pas ce que je pourrais en faire. J'écris très mal au stylo plume. Déjà au cours préparatoire, les éclats de voix de l'instituteur – « mais ce qu'il est malpropre ! », « c'est incroyable d'être aussi souillon ! », « gauche et maladroit » – je suis gaucher, lorsque j'écris, l'arête de ma main passe sur les mots que je viens de tracer et laisse des taches, le bleu se délave, les lettres deviennent illisibles, je me concentre, je contracte ma main pour qu'elle se soulève enfin et laisse les lignes d'écriture en paix, mais rien n'y fait – je sens les larmes qui montent, je ne les laisserai pas couler – je veux bien être humilié mais je ne veux pas le reconnaître. Et puis un jour, avec un mépris non dissimulé, tandis que les autres s'échinent sur le tracé du H et du K majuscules en attaché, l'instituteur lance sur la table le stylo bille en ajoutant « puisqu'il n'y a plus d'espoir ». Il perd la bataille, suite à son entretien avec le psychomotricien – le spécialiste a spécifié que je n'y pouvais rien, je ne serais jamais un calligraphe, il fallait jeter l'éponge et gommer les difficultés – se résoudre au progrès, peut-être même qu'un jour, vous savez, ils n'auront plus besoin de stylo du tout, ils écriront sur des machines – l'instituteur a levé les yeux au ciel et a répondu bien sûr, et ce jour-là aussi les poules auront des dents.

Alors, moi, les stylos plume... d'autant que mon grand-père est parti dans une démonstration digne d'un représentant en papeterie, il montre la pompe par laquelle s'amorce l'écriture – non, il n'y a pas de cartouches qu'on change, c'est un procédé beaucoup plus noble et beaucoup plus ancien – il parle des fines dorures exécutées à la main, il emploie des mots que je ne lui soupçonnais pas – sa voix monte et descend, un voyage dans les collines du son – et puis d'un seul coup, la machine sort des rails dans un crissement de freins – l'odeur de l'acier chaud, la même odeur que, cinq ans plus tard, je reconnaîtrai dans un train revenant de Paris, accompagné par des amis que je crois éternels et qui s'évaporeront – à cette époque-là, oui, je tracerai des lettres, des boucles et des calligrammes, j'écrirai avec le stylo à pompe noir à fines dorures.

Le son se brise – l'échancrure apparaît – le grand-père soliloque. Son père à lui – il est décédé lorsqu'il était encore tout jeune – il aurait voulu l'école et l'éducation – il y croyait – déjà tout petit, il lui faisait tracer des courbes et des boucles, c'était difficile – il disait qu'il ne fallait pas rester prisonnier de la terre, qu'il fallait élever et s'élever – lire, écrire, compter, et même parler des langues étrangères – il avait voyagé autour du monde avec la marine, il avait vu des contrées reculées et des indigènes en pagne – la mère n'aimait pas qu'il raconte cela, elle disait que ça allait échauffer l'imagination du gamin et que ce n'est pas bon de bâtir des châteaux en Espagne parce que n'empêche, tu n'en es pas revenu plus riche, de tes voyages, alors que ceux qui sont restés dans la vallée et qui ont travaillé dur, eux, ils ont agrandi leurs terres.

C'est lui qui avait donné le stylo – pour aller à l'école – le grand-père avait une blouse et une gibecière – il y a une photo mais il ne sait pas où elle est passée. Parce que, après, tout s'était précipité – la mort de son père, une chute du toit après un orage, il essayait de réparer, de remettre les ardoises qui tombaient sur le sol – les ardoises avaient eu leur revanche, la glissade, le cri unique – le grand-père avait sept ans. Ensuite, la maison fermée, le deuil, il ne pouvait plus aller à l'école, il fallait travailler – et la mère avait brûlé les affaires des voyages, la pagaie des îles, la boussole, le sextant, des chaussures plates d'Asie. Elle n'avait pas touché au stylo plume, parce que mon grand-père l'avait caché derrière une pierre du mur, près de son lit. Parfois, il enlevait la pierre et regardait l'objet dans son écrin – dans son sarcophage.

Et puis la vie va.

Ce sont les mots qu'il a prononcés, dans le grenier. « Et puis la vie va. » La guerre, la première, la rencontre de la promise au cours d'une permission, ensuite les champs, les bêtes – « c'est dommage, tu sais, que tu ne veuilles pas découvrir cela aussi un peu. C'est difficile comme métier, mais il y a des satisfactions – je suis content de manger ce que j'ai fait pousser. Je suis content de la vie que je mène – et finalement, je ne crois pas que beaucoup de gens puissent en dire autant ».

Une pause – je comprends tous les mots qui sont prononcés mais je ne comprends pas le sens global – je le perçois – c'est un paysage du Nord un peu embrumé, en automne – je mettrai des années et des années avant de saisir tous les échos de cette heure sous les toits. Pour l'instant, je sais seulement qu'il ne faut rien dire – surtout ne rien dire – et laisser se dévider la bobine des mots, elle est restée bloquée pendant si longtemps – mon grand-père se parle à lui-même à présent, je disparais à ses yeux, je ne suis plus qu'une constellation de visages et de corps – une mère, un père, des frères et sœurs et plus avant encore – tout un paysage à embrasser dont on aurait pu s'éloigner mais au sein duquel, finalement, on a creusé son trou.

Il reprend. « Le stylo... oui, le stylo... je l'ai toujours gardé avec moi – pendant la guerre, je l'avais dans mes poches, mais je n'ai rien écrit avec, je ne savais pas quoi dire, j'étais sec, si je commençais la lettre par "Je vais bien" c'était un mensonge, si je débutais par "Je ne vais pas bien" elle allait se tordre les mains, à la maison, et passer de mauvaises nuits – alors je donnais la plume à quelqu'un d'autre, il y avait des lettrés là-dedans, ils avaient de belles formules pour rassurer, je les enviais mais pas tant que ça en fait, parce que les formules ne sont que des formules, elles ne protègent de rien, d'ailleurs beaucoup sont morts dans les tranchées et puis ceux qui ont survécu, je n'en ai jamais entendu parler – si ça se trouve, ils n'ont jamais plus voulu écrire un mot, parce que les mots, face à la guerre, ce n'est rien, rien du tout, de la merde – et après tu prends une nouvelle place dans le monde et même si, à l'extérieur, personne ne s'aperçoit du changement, à l'intérieur, c'est tout neuf – chaque jour est un sursis – je suis en sursis depuis plus de cinquante ans. Le stylo, il a été tenu par toutes ces mains-là, tu sais, des mains qui ont été catapultées dans l'air par des obus, des mains arrachées, des mains pendantes – mais à chaque fois, ils me l'ont redonné et à chaque fois, ils m'ont dit "c'est un beau stylo, ça", parfois ils ont ajouté "c'est un stylo d'écrivain" et d'autres fois encore "où est-ce que tu l'as volé ?". Je souriais, je ne répondais rien.

« Je l'ai ramené de la guerre – il a servi à signer l'achat du terrain, les grandes transactions – et puis après la deuxième guerre – celle-là, je l'ai à peine connue, tu sais, ici, c'était moins fort que dans le Nord et puis je n'avais plus peur, et plus d'espoir dans les hommes –, je l'ai rangé dans le tiroir de ma table de nuit. Le jour où tu es né dans la poissonnerie, ça m'a fait rire – pas ta grand-mère, elle était outrée, elle est allée à l'église se faire pardonner ce péché qu'elle n'avait pas commis et je lui ai dit à son retour que ce n'est pas parce qu'on naît au milieu des poissons qu'on est péché, mais elle a haussé les épaules et elle m'a demandé d'arrêter avec mes âneries. Ce soir-là, je me suis dit, c'est dommage, une naissance aquatique, il faudrait que quelqu'un l'écrive, ce serait un beau passage. Je n'ai pas dormi de la nuit alors que ta grand-mère ronflait comme un sonneur et je suis allé délivrer le stylo de sa cache – je l'ai remonté au grenier, je savais que personne n'irait le chercher là-bas, ta grand-mère ne grimperait ici pour rien au monde, elle est persuadée qu'il y a des esprits et des fantômes – c'est un drôle de mélange, la religion et les fantômes, mais elle n'en démord pas – elle a fini par en convaincre ses enfants et même ses petits-enfants. Il n'y a pas d'esprits ici – ils n'auraient même pas assez de place pour bouger leurs chaînes – il n'y a que des objets – à moins que les objets ne soient des esprits, ou alors qu'ils n'emprisonnent des parcelles du temps que les ancêtres ont passé sur terre, qu'est-ce que tu en penses ? »

Le clin d'œil.

Je n'ai rien répondu – je ne l'avais pas entièrement suivi. Je regardais les rides qui se creusaient et s'emplissaient, les sables mouvants du visage – ses yeux qui se mettaient à pétiller, toutes ces bulles que je n'avais jamais vues – et son cou dont les veines gonflaient.

Je ne l'avais pas entièrement suivi, et pourtant, je me souviens de tous les mots. Ils ont sédimenté pendant des années, ils sont devenus une deuxième peau. Ils m'ont emprisonné. J'ai cru que les mots pouvaient faire revivre ce qui n'existait plus. J'ai cru que les objets racontaient notre histoire. J'ai cru entendre leurs murmures – ils me parlaient au moment du départ.

Je le crois toujours.

Mais aujourd'hui, je veux m'alléger – j'ai souvent pensé que je passerais ma vie à noircir des feuillets, des heures à tapoter sur les touches d'un clavier – des histoires qui touchent d'autres personnes, des paragraphes comme des murs qu'on abat, des phrases comme des ponts – aujourd'hui, je sais que je suis comme mon grand-père.

Sec.

Je préfère laisser cela aux autres – ils ont les bonnes formules – moi, je déguerpis.

Mais avant de déguerpir et de me laisser enfin battre la campagne – je te le transmets. Tu l'as entre les mains, Mathilde. Tu t'intéresses à ses dorures, tu lui inventes une histoire, tu t'imagines en train d'écrire ton journal intime avec, tu te vois dans une chambre d'étudiante ou à la cafétéria de l'université dans quelques années, regardant par la baie vitrée, la tête légèrement rejetée en arrière, le geste en suspens – tu viens d'écrire les premières pages de ton premier roman – tu as le cœur qui cogne dans la cage thoracique, les veines qui se gonflent comme celles de celui qui n'est pas ton arrière-grand-père. Lorsque tu prends le stylo à pompe que tu as miraculeusement réussi à faire réparer chez un spécialiste de la rareté en papeterie – une dépense qui a fait hurler ta mère – tu sens les présences le long de son corps – tu sens les hommes qui l'ont manipulé, tu en es très émue.

Simplement, à un moment donné, il faut oublier.

Il faut oublier tout le poids des générations et de l'histoire. Il faut oublier les aléas de l'objet que tu tiens entre les mains. Il faut oublier que le grand-père était sec comme un coup de trique. Que ton père de substitution a passé du temps à noircir des pages qui se sont envolées et qui ont disparu avant de se rendre compte que ce qu'il voulait, ce n'était pas entreposer, mais vivre – simplement vivre, sans laisser aucune trace, sans une empreinte – dégagé, libéré, les moments suspendus qui errent dans la mémoire, il ne voulait pas les partager.

Tu regardes la chambre qui est autour de toi, Mathilde. Tu as vingt-deux ans, bientôt vingt-trois. Tout est silencieux. Tu détailles. Une chemise cartonnée rouge, deux CD et un lecteur, une lampe de chevet de style oriental, une pendule en fer, un livre que tu n'as pas terminé, un cadre avec une photo de l'amoureux du jour.

Tu fermes les yeux.

Sans crier gare, tu entends la voix des objets – le murmure – ils soliloquent – ils ne parlent pas entre eux – ils ne font que raconter leur histoire – je suis né tel jour – l'après-midi où j'ai été acheté, il s'est passé telle chose – je me souviens du contact de tes doigts sur la pochette – tu ne te rappelles pas que...

Tu ouvres les yeux, tu frissonnes – tu as peur – cette réalité-là, il faudra du temps pour que tu l'acceptes.

Par curiosité, tu replonges – les paupières se baissent – et tu prends le stylo à pompe dans les mains – et là, c'est une perfusion, une petite piqûre – et le sang qui coule dans tes veines n'est plus tout à fait le tien – il y a cette voix que tu ne connais pas, des tonalités rauques et brusques, un accent marqué « et la vie va – mais je l'ai gardé au creux d'une pierre » – et celle, un peu plus sombre, un peu plus effacée, « j'ai vu l'annonce dans le journal local », « je suis un menhir dans les rues de ma ville » – elles tournent devant tes yeux clos et au milieu d'elles, il y a ce corps allongé dans un canapé, au-dessus d'un théâtre – « vous la voulez ? Je vous la donne ».

La douleur remonte dans ton bras jusqu'à l'épaule – elle te fait monter les larmes aux yeux. Tu reposes précipitamment le stylo. Tu restes un long moment immobile, assise à ton bureau. Tu penses à tout ce que tu dois faire aujourd'hui – c'est samedi – des courses, une soirée entre amis, un film peut-être – mais tu ne parviens pas à bouger – je t'ai transmis le poison et tu ne parviens pas à t'en extraire – je n'ai rien su en faire, Mathilde – peut-être toi, oui – parce que tu es moi et que tu n'es pas moi – parce que nous ne sommes pas du même sang mais que nous avons été si proches – que nous le sommes encore.

Je t'en prie – délivre-moi – prends-le.

OBJETS TROUVÉS

La paire de boucles d'oreilles en métal argenté

Devant moi, il y a cette fille aux cheveux rouges, avec un piercing dans le nez. Elle tient les boucles d'oreilles dans sa main...

Oui, elles plairont sûrement à ma mère.

Sauf qu'elle ne porte jamais de bijou – mais c'est le geste qui lui plaira. C'est la première chose que je me suis dite en passant devant le stand. Et puis comme ça, elle me pardonnera peut-être. Enfin, c'est pas pour ça que je vais les lui offrir, les boucles, c'est simplement pour lui faire plaisir mais en même temps, si ça peut aider à ce qu'on fasse la paix, ce serait cool. Enfin, cool, c'est pas le mot. Des fois, ça m'énerve, les mots que j'utilise tout le temps. Cool, kiffer, trop – honnêtement, parfois, je m'entends parler et je trouve que c'est bizarre, parce que c'est comme une caricature, et j'ai pas envie d'être une caricature. Des fois, je me dis que c'est parce que je vieillis – dix-sept ans, bientôt dix-huit. Je suis sûre que c'est ce qui lui fait péter les plombs à ma mère, le fait que je sois majeure dans trois mois. Elle a peur que je me barre à l'autre bout du monde et que je ne donne pas de nouvelles ou alors que je traîne toute la journée et toute la nuit et que je gâche ma vie, comme elle dit. Parce que, traîner, je le fais déjà. Avec des copains qui sont mauvais genre, comme elle dit, des tatoués, des percés – elle dit qu'elle a peur pour moi et moi, je monte sur mes grands chevaux, je lui réponds peur de quoi, parce que c'est moi la mauvaise influence, c'est pas eux – eux, ils me suivent, c'est moi qui mène la danse. Et après, elle s'écroule dans le canapé et elle parle toute seule, elle se demande comment on en est arrivées là, t'étais une gamine tellement obéissante – et travailleuse – elle commence à marmonner et j'aime pas quand elle marmonne parce qu'elle s'en prend à mon père et mon père, il a rien à voir avec tout ça, tous les couples divorcent maintenant, alors, elle va quand même pas nous en chier une pendule – elle parle du déménagement et elle traite tous les mecs de cons et elle m'énerve quand elle fait ça parce que c'est n'importe quoi et qu'elle s'enfonce au lieu de sortir du trou et en plus elle met ses bras autour de ses genoux et elle commence à se balancer et ça, oui, ça me fait peur, j'ai peur qu'elle devienne timbrée, petit à petit, et après, je serai toute seule avec une mère folle et un père qui habite à deux cents kilomètres et je dois passer le bac à la fin de l'année et c'est déjà assez galère comme ça.

Non – faut que je sois honnête – le bac, c'est pas l'explication. J'ai pas envie que ma reum – non, ma mère – devienne cinglée parce que je l'aime bien quand même, il y a eu des moments où elle était vraiment extra, je me souviens, quand j'étais petite, elle avait une vieille mobylette et elle mettait des sacoches et je m'asseyais sur le porte-bagages et je mettais mes pieds dans les sacoches et quand je lui appuyais sur l'épaule gauche, elle tournait à gauche et quand je lui appuyais sur l'épaule droite, elle tournait à droite, et je finissais toujours la joue contre son pull-over et je fermais les yeux. Et puis aussi, on allait à la piscine ou au cinéma ensemble – ou on allait se promener, une fois, on est allées loin, toutes les deux, c'est quand on habitait à Orléans et qu'elle venait de se disputer avec papa, on a marché longtemps sur le trottoir jusqu'à ce qu'il n'y ait plus de trottoir et je me disais qu'on allait marcher comme ça jusqu'à la mer, j'étais bien, j'avais ma main dans la sienne. C'est pas que je l'aime bien, c'est que je l'aime – mais j'arrive pas à dire des trucs comme ça, c'est pas que j'ai pas envie, c'est juste que si je prononce ces mots-là, ils coincent et je sens les yeux qui me piquent et je déteste chialer, parce que ça sert à rien de chialer dans la vie, il faut assurer. J'ai pas chialé quand on a déménagé d'Orléans pour venir dans cette ville qu'on connaissait pas mais où ma mère avait trouvé du boulot comme infirmière, j'ai pas chialé quand je me suis fait plaquer la semaine dernière par ce connard qui me trouvait pas assez chaudasse, j'ai pas chialé quand le prof de philo m'a lancé que la maturité et moi, ça faisait trois, qu'est-ce qu'il en sait avec ses grosses lunettes et son pantalon en tergal et ses furoncles – si lui il est mûr, alors moi, je suis le pape.

J'assure.

Personne s'en rend compte, mais j'assure. Le bac, je vais l'avoir et les doigts dans le nez et tout le monde dira ben tu te rends compte, si elle, elle l'a eu, alors c'est que c'était vraiment facile ou qu'ils le donnent à tout le monde – et après, je vais travailler, je serai serveuse dans les McDo, et puis je ferai des études, des longues, un truc qui a à voir avec les lettres ou les langues ou même la philo, tiens, belle revanche – et j'y arriverai parce que, quand j'écris, j'écris. J'écris pas comme je parle. Je mets des négations, j'emploie des mots exacts et je fais des plans. J'aime bien faire des plans. J'aime bien les dissertations, j'en fais tout le temps, mais évidemment, personne n'a pu encore s'en rendre compte, parce que je ne les ai pas rendues au lycée. C'est con, je sais, mais je trouve qu'on se dévoile, dans une dissert, et j'avais pas envie que les profs me voient toute nue – et puis de toute façon, ils auraient dit que je l'avais fait faire par quelqu'un d'autre. En fac, c'est pas pareil, parce qu'on est quinze mille et qu'ils ne repèrent pas les visages, et le mien encore moins parce que j'aurai re-teint mes cheveux en noir et que j'aurai enlevé le piercing, encore que maintenant, tout le monde a un piercing, sauf le prof de philo qui a un piercing dans le cerveau et ça pisse de partout de la matière grise et du mépris.

J'assure aussi à la maison parce que mine de rien, avec ma mère qui déboîte, c'est moi qui règle la plupart des litiges avec les banques et l'office HLM, je prends les choses en amont, j'ouvre les lettres et je vais discuter. Je lui fais aussi à bouffer les soirs où elle rentre tard, je fais un peu de ménage quand elle est d'astreinte mais elle ne s'en rend pas compte parce que quand elle rentre, elle est crevée et je suis sortie. Elle se plaint que je sors trop, mais elle réalise pas que la plupart du temps, je suis toute seule à la maison et que ça me pèse, alors, oui, je prends la poudre d'escampette et je vais traîner avec les mauvais genres ou avec Adeline. La poudre d'escampette, j'aime bien cette expression, quand j'étais petite je pensais que ça existait. Je m'étais imaginé qu'il y avait de minuscules sacs en soie beige avec un lacet qu'on pouvait trimballer avec soi et que, quand une situation devenait dangereuse ou ennuyeuse, on versait sur sa main un peu de poudre d'escampette et hop, on disparaissait du décor et on se retrouvait soit trois heures plus tard, soit à huit mille kilomètres.

Je ne veux pas que ma mère prenne la poudre d'escampette. Je ne veux pas qu'elle fasse comme moi, hier soir. Elle est rentrée à la maison, elle était énervée contre son chef de service, les trente-cinq heures, enfin, elle mélangeait un peu tout et je lui ai répondu que les trente-cinq heures, c'était quand même un acquis social et que les connards de chefs d'entreprise qui les remettaient en jeu, c'était des pourris et je sais pas pourquoi elle a pris la mouche, elle a dit ne donne pas de leçons de politique alors que tu ne votes pas, je lui ai fait remarquer qu'elle non plus, et c'est monté, c'est monté, on a commencé à se dire des choses qu'on savait qu'on allait regretter, elle m'a traitée de pute et moi je l'ai traitée de frustrée, et là, j'ai enchaîné, qu'elle risquait pas de retrouver un mec avec sa gueule d'enterrement et son sourire en dedans et que pourtant, c'est ce qui lui manquait, un mec, et se faire sauter, parce qu'elle serait sûrement plus agréable après un bon coup de bite et là, elle m'a giflée et je suis partie. Je devais aller à une soirée, j'aurais pu y aller, mais je n'en ai plus eu envie. J'ai acheté un kebab avec l'argent qui me restait dans mon jean et puis j'ai marché, comme la fois à Orléans avec ma mère, mais cette fois-ci, j'étais toute seule. Marcher, ça m'aide à réfléchir. J'ai tourné en rond et puis finalement je me suis retrouvée à la gare. Je voulais pas aller dans la salle d'attente parce qu'il y a des largués du monde et que je me sens pas comme eux, pas encore, et puis jamais j'espère, parce que j'assure. Je voulais pas non plus aller dans les parcs parce qu'on ne sait jamais. J'ai traversé les voies et j'ai trouvé un train à l'arrêt qui partait ce matin à six heures trente-sept pour Paris, il était fermé et j'ai hésité un moment, je me suis assise sur un banc et puis d'un seul coup, il y a un contrôleur qui est venu avec un monsieur tout affolé, apparemment, il avait perdu son portefeuille dans la voiture 37, ils ont ouvert le wagon et ils sont allés dans le compartiment, j'ai senti mon cœur battre à l'envers, et sans réfléchir, je suis montée et je me suis planquée dans les toilettes. Je les ai entendus repasser, le mec avait retrouvé ses papiers, il était soulagé, ils sont descendus, le coup de clef, wagon fermé, j'étais à l'abri, toute la nuit, dans un train. Il faisait bon. Il était vingt-trois heures trente.

C'est mon train, maintenant. Je crois que je m'en souviendrai toute ma vie.

Au début, je me suis allongée sur les sièges du compartiment. Je voyais les lumières des réverbères de la gare et les phares des voitures qui passaient un peu plus loin. Tout était dans une teinte rouge et jaune, comme à Orléans, par la fenêtre de la maison de ma prof de piano. Une grosse dame avec des bijoux partout qui n'arrêtait pas de me donner des tapes sur la main gauche parce que l'annulaire ne se levait pas correctement. Nous étions deux à prendre des leçons de piano ensemble, cela réduisait les frais. Nous payions chacun soixante-quinze francs de l'heure au lieu de cent – en contrepartie, elle nous faisait sentir que nous ne venions pas du même milieu qu'elle. Elle aimait encore moins Clément que moi. Clément, c'était mon voisin du dessous à la résidence des Lys, à Orléans. Quand j'ai déménagé, il m'a envoyé plusieurs lettres. Je ne lui ai pas répondu. Je voulais m'acclimater au nouveau décor, je fournissais d'immenses efforts pour oublier et puis pour me faire des amis ici. J'y suis parvenue. Comme mon père avait changé d'appartement à Orléans après le divorce, je n'ai plus jamais revu Clément.

Dans mon train de nuit vers nulle part, il s'est mis à me hanter. Mon père aussi. Mon père, je l'aime pas tellement. Il a trop crié contre ma mère.

Parfois, je me collais la tête sous les oreillers et je chantais tout bas, pour que les hurlements ne m'atteignent pas. C'est pour ça que je ne l'ai pas tellement revu. Mais je me doute que ça lui manque. Il faut que je le dise à ma mère. Que je veux retourner à Orléans, un peu, toute seule. Et qu'elle ne s'inquiète pas. Je ne changerai pas d'avis. Je ne voudrais pas déménager à nouveau et la quitter. Je veux juste revoir Clément et ses mains sur le clavier d'un piano. Il avait de belles mains, Clément. Des doigts longs et fins. Il ne savait pas quoi en faire quand on s'est embrassés dans le jardin public – il était pataud. C'était deux semaines avant qu'on s'installe ici. Je ne l'ai revu qu'une fois ; avant le départ, il était avec sa mère, on s'est fait une bise sur la joue. Je me doutais de ses sentiments pour moi. Je n'en avais pas pour lui. Jusqu'à la nuit dernière. C'est bizarre, la vie.

Ma mère, ce qu'il lui faudrait, c'est un mec, aussi. C'est difficile de vivre sans un mec, ou une fille, sans quelqu'un quoi – quelqu'un qui ne soit pas un enfant ou un parent – un compagnon de route. En fait, les boucles, je voulais pas vraiment les acheter. C'est celui qui tenait le stand qui m'intéressait. Pas pour moi, je déteste les vieux et je suis toujours dans la vision de Clément. Pour ma mère. Il a l'air gentil, un peu distrait, un peu nerveux – elle est infirmière, elle saurait l'écouter. Elle veut toujours m'écouter, c'est moi qui ne veux pas l'entendre.

Je sortais de la gare. Je me suis fait virer du train à six heures, le contrôleur m'a demandé comment j'avais réussi à me glisser à l'intérieur, il a employé les mots de police, de délinquance, de dégradations, il a gueulé mais il m'a laissée partir. Je n'avais fait que m'allonger, d'abord sur les sièges et, plus tard dans la nuit, dans le petit espace entre les toilettes et les portes coulissantes. La tête appuyée contre le plexiglas, je me suis sentie mieux que dans le compartiment. C'est ma place. Entre deux villes. Entre mon père et ma mère. Je suis comme un dièse ou un bémol sur le clavier.

Vers sept heures, j'ai téléphoné d'une cabine parce que j'avais oublié le portable à la maison hier. J'ai eu ma mère, elle a pleuré. Je lui ai dit que je rentrais et que je voulais parler. En ce moment, elle doit se tordre les mains et tourner dans l'appartement, formuler des phrases, pétrir du ressentiment et des accusations, et puis aussi des regrets ; dans ses regrets, il y a de l'attachement. Je suis rentrée à pied. J'ai vu l'agitation dans la rue de la Cité, tout ce mouvement, ça m'a attirée. J'aime pas beaucoup les vide-greniers, peut-être parce que c'est un truc de vieux, peut-être parce que mes greniers à moi sont vides et que j'ai envie de les remplir.

J'ai regardé les autres stands – mais rien ne me tentait. Et là, le visage de ce mec. Il était comme absent, plongé dans ses pensées. Comme s'il était en train de regarder un paysage par la vitre d'un train. Je me suis sentie proche, je ne sais pas très bien expliquer. Je me suis dit que c'était un homme pour ma mère. Je ne me voyais pas le lui dire comme ça, d'emblée, alors j'ai fait semblant de m'intéresser aux boucles d'oreilles. Elles ne sont pas mal, d'ailleurs. Mais ce n'est pas mon style. Moi, je préfère les trucs plus flashy et moins bab. Ma mère, ça va lui plaire. Le mec aussi lui plairait, j'en suis sûre. Alors je vais rentrer et puis avant toute chose, je vais lui offrir les boucles. Elles lui iront. Et puis je vais lui dire que je suis allée au vide-greniers et que j'ai envie d'y retourner avec elle. Comme une séance de shopping le dimanche. Elle ouvrira de grands yeux, elle gesticulera – mais elle sera contente. Elle attend ça depuis longtemps

Ensuite, nous prendrons le café et elle se lancera dans la litanie des questions. Je ne mentirai pas, cette fois. Je parlerai du train. J'expliquerai avec franchise pour mon père. Et puis, je parlerai de Clément. Elle aimait bien Clément, ma mère. Elle blaguait, des fois. Elle l'appelait « ton amoureux ». Je haussais les épaules. C'était mon amoureux, pourtant. Hier soir, je suis devenue son amoureuse.

J'espère qu'il m'a attendue. Quatre ans que je suis partie. Ça m'étonnerait. Mais je peux le reconquérir. J'espère simplement qu'il n'est pas mort.

Je regarde les boucles d'oreilles dans le soleil. L'aigle dans les montagnes, je trouve ça un peu naze, mais elles sont jolies quand même. Et puis quand elles s'entrechoquent, elles font un petit bruit, comme un changement d'aiguillage.

Elles vont lui plaire – sûrement.

Le livre blanc avec une bande bleue

Fabrice lève les yeux du livre de François Lisieux. Il dit que ça commence plutôt bien. Je hoche la tête. Il me demande combien je le vends. Je lève les yeux au ciel. – Prends-le ! – Tu es sûr ? Bon...

Je viens de téléphoner à Antoine pour lui dire que je ne pourrai pas être avec lui le reste de la journée. J'irai l'aider ce soir à tout remettre dans la voiture. Je ne sais pas ce qu'il fera de ce qu'il n'aura pas vendu. C'est ce qu'il y a de plus déprimant dans un vide-greniers, remporter chez soi des objets dont on a voulu se débarrasser et qui resteront enfouis dans des cartons jusqu'à la prochaine occasion – l'année prochaine, même date, même lieu.

Je ne pouvais pas aller le retrouver. Elle est arrivée vers onze heures alors que je ne pensais pas la voir. Elle m'a dit « voilà, ce que j'aime, c'est la franchise et ce que je déteste, c'est tout le jeu de la séduction avant, tous les passages obligés, le verre en tête à tête, le dîner au resto où chacun paye sa part, la nuit à penser à ce qui aurait pu se passer si on avait accepté de monter dans l'appartement – et puis tous ces sourires et ces regards calculés, je n'en veux plus – alors, je suis ici parce que j'ai envie qu'une histoire commence entre nous, parce que tu m'intéresses et que tu me tentes, même si tu n'es pas vraiment mon genre, j'ai toujours eu un faible pour les épaules larges, mais je me suis plantée jusqu'à présent – je crois que je te plais, enfin, tu me l'as fait comprendre depuis quelques semaines, maintenant la balle est dans ton camp, est-ce que tu peux me faire un café ? ».

Cartes sur table. J'en suis resté soufflé. Je suis un amoureux des phases d'approche, je sais très bien feindre l'émotion qui s'engouffre dans les poumons, les doigts qui se mettent à trembler et le regard qui retourne vers les pieds – je suis un expert de la fausse timidité, j'en ai fait mon fonds de commerce et il rapporte gros. Mais il va de pair avec un certain mépris de la proie et depuis quelque temps, je cherche à sortir du schéma et je n'y arrive pas, j'ai pris le pli, je ne parviens pas à lancer, comme elle, des couteaux qui se plantent dans les cibles avec netteté. J'ai préparé le café, j'ai laissé tomber une tasse et j'ai juré.

Pour la première fois depuis longtemps, une maladresse réelle et un nœud dans le ventre, les phrases dans les oreilles, « elle ne va pas rester avec toi », « il faut te battre cette fois », « surtout ne rien faire qui puisse gâcher le moment », et les images qui passent devant les yeux, nous en train de repeindre le salon et ses affaires à elle au milieu des miennes. Quand elle est dans la pièce, tout s'estompe. J'ai juste eu un flash – Antoine au milieu de son passé, et j'ai attrapé le téléphone. J'espère que je ne l'oublierai pas tout à l'heure et que je ne me réveillerai pas, demain matin, en sursaut, « merde – j'avais promis à Antoine de l'aider ».

Pendant que je m'embrouillais avec les tasses, le sucre, le plateau et les petites cuillères, elle a fait le tour du salon. Sur la table en verre, il y avait le livre blanc avec une bande bleue, elle a regardé le titre et n'a pas fait de commentaire. Elle l'a reposé, la lettre dépassait du volume, mais elle ne l'a pas remarquée. Elle était passée à autre chose.

La lettre.

Cette fille avait réussi à faire pâlir le décor mais la lettre et le livre blanc avec une bande bleue résistaient à la décoloration. J'ai su qu'ils me hanteraient.

J'ai trouvé la lettre tout à l'heure, sur le stand, en feuilletant le bouquin. Elle était en attente, entre la dernière page et la couverture. Je ne sais par quel miracle le roman et la missive sont restés ensemble sur les étagères, dans les cartons et finalement sur la table à tréteaux d'un vide-greniers. Sur l'enveloppe encore cachetée, « Antoine », tracé d'une écriture fine et déliée. Ma première réaction a été de le signaler à Antoine, mais il était occupé à vendre une couverture jaune et puis, la curiosité a fait le reste. Je l'ai glissée dans ma poche. Je n'ai jamais résisté à fouiller dans les affaires des autres quand elles étaient à ma portée, cela m'a valu une gifle retentissante, quelques disputes violentes et moi, dans le rôle du gamin pris en flagrant délit, les yeux rivés sur le sol, les mains dans le dos – c'est le côté noir de ma capacité à établir des liens et à nouer des relations. J'espère que Lou, qui attend son café dans mon appartement, m'aidera. Il faut que je la prévienne d'emblée. Je ne veux pas ruiner cette histoire-là.

Je ne l'ai pas lue tout de suite, bien sûr, simplement parce que je ne trouvais pas le temps. Je pensais pouvoir patienter mais je sentais l'enveloppe dans ma poche, sa chaleur contre mes mains lorsque je la touchais, peu à peu ma gorge s'est asséchée, j'ai demandé la permission de rentrer chez moi – je pensais honnêtement ne pas rester longtemps, juste le temps de décacheter tranquillement avec de l'eau chaude, de lire, de tout remettre en ordre et de boire un jus de fruit en essayant de ne pas culpabiliser. J'ai presque couru jusqu'à mon appartement – j'habite à cinq cents mètres de la rue de la Cité.

Le plaisir. Le plaisir de la découverte, des premiers contacts. Il commence par des frémissements dans les doigts, comme de petites piqûres sous les ongles, il remonte le long des bras, il s'attarde sur les épaules et il dévore le cou et la nuque. À chaque fois. Et il est d'autant plus fort que l'attente a été longue. Je n'ai pas ouvert le courrier de quelqu'un d'autre depuis des années. Mes parents étaient séparés. Je me souviens des lettres de l'amant de ma mère, un homme qui travaillait aux impôts – et les mots crus qui se déversaient sur le papier. Des conseils de l'avocat pour le divorce. Des comptes en banque qui viraient au rouge. Ensuite, les lettres des amis de mes amis – et parfois, des mots durs à mon encontre, je me rendais compte qu'il fallait briser ou redresser certaines situations. La dernière fois, c'était un courrier adressé à Élodie, je croyais que nous resterions ensemble, mais j'ai ouvert la lettre et dedans, les mots étaient pour moi.

« Cher Fabrice, si tu ouvres cette enveloppe, tu apprendras que c'est fini entre nous, je ne peux pas vivre avec quelqu'un qui ne connaît ni le respect ni la confiance. » J'ai relevé la tête, elle était dans le couloir, elle nous regardait, moi et mes instruments, ma casserole d'eau chaude, mon coupe-papier, mes yeux avides – elle est partie. Et depuis, plus aucun écart. Jusqu'à aujourd'hui.

Je ne parviens pas à m'expliquer pourquoi. Je me suis persuadé que ça n'avait aucune importance, c'était une vieille lettre, l'enveloppe était d'un jaune sale et elle serait partie avec le livre de toute façon. Maintenant, je n'en suis plus si sûr – et je ne sais pas quoi faire. J'aurais besoin de réfléchir mais la prochaine et dernière femme de ma vie est dans mon appartement et elle oblitère mes pensées.

C'est une invitation à la danse. Une déclaration. Une ouverture pour le début d'une histoire. C'est une femme qui s'appelle Annick, apparemment elle travaillait avec Antoine dans une librairie, elle était plus âgée et elle aimait les femmes. Elle explique comment elle est peu à peu tombée amoureuse d'Antoine, et elle ajoute qu'elle ne voit aucune solution, qu'en fait, elle lui a menti, le commerce aurait pu durer et durer encore mais le cœur n'y était plus parce que le cœur était avec Antoine et elle connaissait les obstacles, ils étaient infranchissables – le ridicule, les années à venir, les sentiments à sens unique et puis cette rivière à franchir à nouveau pour revenir dans la relation hétérosexuelle. Alors, elle préférait plier boutique et retourner dans sa région d'origine. Elle regrettait tout et elle ne regrettait rien. Mais au moment de partir, elle voulait tout de même qu'il sache et puis, s'il y avait un espoir, même infime, qu'elle ait eu faux sur toute la ligne et que les sentiments soient partagés, *« alors cours, Antoine, cours, galope, hennis, enfonce les portes, dis-le-moi, nous ferons une très belle équipe ».*

Elle ajoutait qu'elle glissait le mot dans ce livre-là, précisément, parce que c'était le livre de la rencontre, non ? *« C'est la première fois que tu es entré dans la librairie et tu l'as piqué, ce roman – je t'ai vu mais je t'ai laissé faire parce que c'était un bon roman, même si François Lisieux assène parfois de monstrueuses conneries. Tu m'as volé beaucoup plus que ce livre – alors pardonne-moi d'avoir pris un peu de ton temps et efface ces mots s'ils te choquent – je ne veux pas être un souvenir terni. »*

Suivent une adresse, un numéro de téléphone, un prénom – Annick.

Une date – il y a quinze ans.

J'ai remis la lettre dans l'enveloppe et l'enveloppe dans le livre, entre la dernière page et la couverture.

Et maintenant, je ne sais plus quoi faire. Je pense à Antoine fugitivement mais c'est sur moi que je m'attarde. La lettre déclenche des frayeurs. La peur de passer à côté de l'histoire la plus importante de mon existence. La terreur du temps qui se casse et qui dépose de la poussière sur les enveloppes. Si je pense à la lettre, je n'ai plus qu'une envie : plonger dans ma relation avec Lou, qui promène son regard sur mes étagères et attend que la conversation s'enclenche. Je n'ai pas de mots pour elle. Toutes les phrases me semblent ridicules et déplacées. Elle m'a coupé l'herbe sous le pied.

Alors quand les paroles, tout à coup, passent le barrage des lèvres, elles me laissent stupéfait. Je commence à raconter. Le vide-greniers, Antoine et ce qu'il m'a apporté, une sorte de vision de moi-même en plus âgé, l'image de ce que je ne voulais pas devenir mais vers laquelle je me dirigeais si aucune rencontre ne me faisait changer de trajectoire, et puis ce recul qui me manque parfois sur le dérisoire des aléas de l'existence. La lettre. Je me mets à parler de la lettre. Les points de suspension de la vie. Les hasards. Je n'aime pas m'en remettre à la chance ou à la malchance, je veux croire que j'organise mon destin. Je lui demande ce qu'elle ferait de ce morceau de papier signé Annick.

Lou reste un long moment silencieuse. Elle ne touche pas à son café. Elle finit par répondre qu'il faut laisser le passé en paix, les rencontres amoureuses qui n'ont pas eu lieu ont sans doute leurs raisons de n'avoir pas été, je dois déchirer la lettre et l'oublier. Si mon ami vend les objets de la mémoire, alors il faut accompagner le mouvement. Jeter. Faire des confettis. Lou dit qu'elle se force, chaque année, à donner les livres qu'elle a lus à la bibliothèque, les vêtements dont elle ne veut plus aux pauvres, c'est important de récupérer de l'espace. Son ancien fiancé avait une collection de plus de quatre mille DVD et cassettes, elle s'est sentie étouffée. Pas assez de place pour elle, pour eux. Maintenant, elle rêve d'un appartement presque vide, aucune affiche au mur, aucun bibelot. Elle ajoute qu'elle est sans doute dans le même état d'esprit que mon ami Antoine – avec quinze ans de moins. Elle répète « quinze ans – comme la lettre », et sa voix baisse d'un ton.

Le ton en dessous me bouleverse. Quelque chose dans le souffle ou dans le phrasé, la fragilité dans le silence qui suit. Je sais que je ne veux pas vivre sans elle. Je m'approche de sa peau – celle de l'avant-bras dénudé. Je descends jusqu'aux doigts. Un à un dans ma bouche. Elle ne bouge pas. Et puis peu à peu, son corps s'affaisse et je suis allongé à ses côtés. Les seins. Le cou. Je vais l'engloutir.

Au moment de la nudité, Lou se lève soudain. Elle va jusqu'à la table en verre du salon, je la suis du regard, elle prend la lettre, la déchire en deux, en quatre et puis ouvre la poubelle. Elle me rejoint. Elle dit que nous avons brisé le signe indien.

La petite couverture en laine jaune

Je m'amuse à voir ce jeune homme – vingt-trois, vingt-quatre ans ? – aux cheveux coupés ras, en train de retourner les restes de ma collection de miniatures automobiles Majorette et celle, complète, des écussons des différentes villes d'Europe que l'on trouvait dans les cafés Maurice. Le sourire cesse lorsqu'il met la main sur la petite couverture en laine jaune.

C'est difficile de dire comment je me sens. Céline continue à regarder tous les stands et moi, ça m'intéresse plus. Déjà, avant, ça ne me passionnait pas, c'est elle qui a voulu venir, elle prétend qu'il y a toujours des trucs bons à prendre dans les vide-greniers, surtout pour un petit couple qui se monte comme nous, même si on a déjà eu l'électroménager pas cher, rapport à mon métier, vu que j'en vends toute la journée des machines à laver et des frigos, je connais le bon rapport qualité-prix, les vraies affaires et les daubes et en plus j'ai une ristourne au magasin. Je crois qu'elle cherche des verres et des assiettes, personnellement je préférerais qu'ils soient neufs, parce que j'aime pas trop l'idée de manger dans de la vaisselle qui a une histoire, j'imagine les gens qui ont bu leur soupe ou découpé leurs steaks avant et ça me perturbe, mais je la laisse faire parce que ça lui fait plaisir. Moi, j'ai juste acheté une couverture. Céline a eu l'air surprise, une couverture en laine au mois de juin, c'est débile, et puis elle voyait pas ce que le chat Mistou allait faire avec, mais bon, c'était pas cher et puis elle a dû se dire que si elle me laissait l'acheter, alors elle aurait quartier libre pour ce qu'elle voulait, et elle a pas eu tort, sauf sur un point.

C'est pas pour le chat.

Je sais pas comment je vais m'en tirer maintenant, comment je vais lui annoncer que non, finalement, c'est pas pour Mistou, ça l'intéresse pas, par contre, moi, je l'aime bien cette couverture, avoir une couverture sur les genoux quand je regarde la télé ou même au-dessus de l'édredon, ça me rassure, ça me fait du bien, je suis sûr qu'elle va me regarder avec des yeux ronds et me dire que je suis pas bien dans ma tête, mais je m'en moque, je crois que je vais tenir bon.

C'est pour moi.

Je sais pas trop comment l'expliquer, enfin, si, je sais comment l'expliquer mais je sais pas trop si j'en ai envie parce que déjà, j'ai du mal à l'avoir sur mon bras, la couverture en laine jaune, le contact me donne la chair de poule et encore, j'ai pas touché la bordure, j'imagine même pas quand je vais la toucher, si ça se trouve je vais délirer, je préfère pas pour l'instant, je verrai quand je serai seul.

C'est rapport à l'enfance.

En fait, c'est ça, quand j'étais petit, j'avais une couverture pareille, même couleur et puis la même texture, c'était un peu comme un doudou, je la trimballais toujours avec moi, mon frère, c'était un nounours blanc tout sale avec les années, mais quand j'étais petit, mon frère l'avait abandonné, son nounours, parce qu'il était déjà à l'école primaire, il est plus vieux que moi, et parfois, je prenais son nounours et je le mettais sous ma couverture et puis je prenais la bordure en nylon, elle était jaune aussi, mais d'un jaune très clair, et je la pétrissais entre mes doigts, entre le pouce et l'index, j'en faisais tout le tour et ma mère me disait « arrête de pétrir cette couverture » mais je ne pouvais pas m'en empêcher, c'était ce qui me calmait et ce qui me permettait de m'endormir, avec la couverture jaune et la bordure en nylon, j'avais plus peur, parce que quand j'étais petit, j'étais trouillard, j'avais peur de tout, du noir, d'être tout seul et aussi qu'on m'abandonne, maintenant ça va mieux, mais quand même au moment où le soleil se couche, je suis pas tout le temps tranquille, j'ai comme des angoisses, mais le docteur a dit que c'était rien, ça arrivait parfois, ça devait venir d'un traumatisme de l'enfance mais s'il n'y avait pas d'autre symptôme et si ça ne m'empêchait pas de vivre, alors c'était peut-être pas la peine de commencer une analyse et c'est tant mieux, parce que parfois, j'ai un peu peur d'être cinglé.

Quand je l'ai perdue, la couverture, ça a fait un drame.

Je devais être au CP et un jour, je l'ai pas retrouvée, et j'ai pas voulu dormir, même entre les bras de mon frère, même entre les bras de ma mère, mon beau-père ça l'énervait, il disait qu'il fallait que je cesse de faire le bébé, maintenant, j'avais six ans, c'est grand, six ans. Je faisais oui de la tête et je serrais les poings et les dents, mais j'arrivais pas tout le temps à faire le fort, alors j'allais sur mon lit et je faisais semblant de l'avoir encore avec moi, la couverture, ça m'a donné un tic, encore aujourd'hui, j'ai souvent le pouce qui se frotte à l'index dans la journée, mais il manque la bordure en nylon. Ça a duré longtemps, on l'a cherchée partout, à l'école, dans l'appartement, mais on l'a pas retrouvée et finalement je m'en suis passé et on m'a dit « tu vois, tu y arrives », mais moi je sais qu'il y a un morceau de moi qui est resté dans la couverture, comme quand mon vrai père et ma mère se sont séparés, j'ai l'impression qu'un morceau de moi est resté avec mon vrai père. Quand je raconte ça, Céline me caresse la joue et j'aime pas tellement ça, parce que Céline, c'est ma future femme et je ne suis pas un enfant, maintenant, j'ai un travail, je gagne de l'argent, je fais ce que je veux.

J'ai honte de mon vrai père.

Je devrais pas, c'est pas vraiment sa faute s'il a fini dans la rue et s'il s'est suicidé dans une cave, c'est la société qui veut ça et puis il a pas supporté le divorce et tout, et surtout, les patrons de l'entreprise l'ont pas aidé, mais en même temps qu'est-ce qu'ils pouvaient faire, il était plus propre à rien, et maman pouvait rien faire non plus, quand on n'aime plus quelqu'un, on ne l'aime plus un point c'est tout, c'est fini, inutile de revenir en arrière, il faut mettre son mouchoir dessus et essayer de positiver et de reconstruire, c'est comme moi, quand je crois que je vais conclure une vente avec des petits vieux et que finalement, ils partent chez la concurrence, je suis déçu mais je m'en remets, des fois je me dis que si Céline me quittait, je serais malheureux, c'est sûr, mais quand même, ce serait pas la fin du monde.

Je comprends pas pourquoi, pour lui, ça a été la fin du monde.

Je comprends pas comment on peut se laisser aller comme ça, se retrouver sur le trottoir à faire la manche, c'est nul, il faut se battre, moi je suis persuadé que quand on veut, on peut, si on croit pas à ça, alors il y a de quoi devenir cinglé, c'est pour ça que j'ai honte de mon père, on n'est pas fier d'avoir un père suicidé dans une cave, après on se sent coupable, bien sûr, on se dit qu'on aurait pu aller le voir plus souvent, enfin, c'est vrai que mon frère et moi, on l'a pas beaucoup vu après le divorce, mais il était pas facile à trouver, il zonait dans les rues, une fois je l'ai aperçu mais j'étais avec mes copains du foot, alors j'ai fait semblant de pas le connaître et mes copains se sont foutus de sa gueule, moi j'étais derrière eux et je savais pas où me mettre, j'allais pas dire « arrêtez, c'est mon père ». Je suis passé par des trucs durs, c'est sûr, mais moi, j'ai pas abandonné l'espoir et j'ai pas abandonné la vie, j'ai pas laissé les gens de côté, je suis sûr que je ressemblerai jamais à mon père.

Parfois, je me demande à quoi il pensait, dans la rue, quand il dormait sous les cartons ou alors dans les escaliers – sûrement à mon frère et à ma mère et à moi, de temps en temps, mais encore plus à comment bouffer et à la picole, mon beau-père nous a raconté qu'il avait carrément tourné picolo à la fin, il était pas beau à voir, tout rougeaud et tout dégueulasse, finalement c'est peut-être mieux comme ça, qu'il se soit fini tout seul plutôt que quelqu'un l'écrase ou le canarde et plutôt que nous traînions ça toute notre vie, mon frère et moi, une épave comme père. Mon beau-père, au moins, il tient la route, il est souvent un peu chiant mais pas plus que la moyenne des pères, quoi, il vieillit et il gueule un peu sur tout, mais il a bon fond.

Je ne sais pas si je vais le dire à ma mère, pour la couverture.

Parce que là, je suis en train de refaire le tour de la bordure avec le pouce et l'index, et tout se met à tourner autour de moi – évidemment, je sais que ce n'est pas la même, c'est sûr qu'on va pas retrouver dans un vide-greniers une couverture qu'on avait il y a presque vingt ans, mais quand même, c'est le même genre et ça me fait bizarre, ça ramène des images et elles sont violentes, beaucoup de couleurs, du rouge, du vert, du noir – j'ai l'impression d'entendre des voix à l'intérieur et ça me fait flipper parce que je voudrais pas devenir taré.

Je vais peut-être pas la garder.

Je vais dire à Céline qu'en fait, elle pue, la couverture, un truc que je supporte pas comme la naphtaline par exemple ou alors qu'elle a quand même l'air sale ou qu'elle a des trous et je vais la jeter dans une poubelle ou la laisser glisser par terre, voilà, bon débarras, parce qu'en fait, je suis mieux maintenant que quand j'étais petit, je suis guéri, je vais bien, j'ai une femme et un chat et puis on est en train de se monter en ménage, c'est de l'avenir, on regarde dans les catalogues ce qu'on peut se payer et ce qu'on peut pas se payer et cet été, on va aller ensemble pour la première fois en vacances, sûrement au bord de la mer et alors ça, je suis vachement content, donc je vais pas tout gâcher pour une putain de vieille couverture qui me fait revenir comme quand j'étais môme.

J'arrive pas à la lâcher.

Je voudrais bien la perdre quelque part, mais il y a beaucoup de monde rue de la Cité et quelqu'un me la redonnerait en me disant « tenez, vous l'avez laissée tomber » et j'aurais l'air fin, c'est comme un abandon de chat ou de chien. En fait, je crois que j'ai pas complètement envie de la perdre, c'est ça le problème aussi, je sais pas bien ce que je veux, ça m'arrive parfois, quand trop de choses se bousculent dans ma tête, c'est pas comme au boulot, au boulot, c'est clair et net, il y a des références, des chiffres, des commandes, un argumentaire de vente bien précis et ça, j'aime bien – là, c'est beaucoup plus confus, je me rends bien compte que mon bras se contracte comme quand j'ai eu la tendinite, au moment où je veux la lâcher, la couverture, on dirait que c'est elle qui veut plus me quitter, je me demande ce que je vais bien pouvoir en faire, c'est malin, on n'aurait jamais dû venir au vide-greniers, je savais que c'était pas une bonne idée, on rapporte des trucs dont on n'a pas besoin, c'est naze, et après, on regrette, tiens, je préférerais ne l'avoir jamais rencontrée, cette couverture.

Ou alors, je la donne vraiment au chat.

Oui, c'est une bonne idée, ça – je la donne au chat, il se couche dessus, il joue avec la bordure, il s'énerve, il fait des peluches, il déchire le nylon, il mordille, parce que notre chat, il mordille toujours tout, et puis au bout d'un moment, Céline s'énerve, elle dit qu'il y a des boulettes de laine partout, c'est chiant cette couverture, quelle idée aussi d'acheter ça et moi je hausse les épaules et elle la jette, elle, comme ça, moi, je ne suis pas concerné, c'est pas ma faute.

C'est décidé – je la donne au chat. Comme prévu.

Le bob bleu rayé de blanc

Je regarde le petit garçon qui continue de brailler – le chapeau lui arrive presque à la bouche. La mère se rend compte de son erreur et le lui retire. Elle hésite et puis elle hausse les épaules, elle enfonce le bob sur sa tête. Le petit garçon cesse immédiatement de pleurer. Il regarde sa mère avec des yeux ronds puis il commence à rire.

Je me suis trouvée nulle d'avoir acheté ce chapeau. Il est dix fois trop grand pour Quentin – et pour sa sœur pareil. Je ne sais pas ce qui m'a pris. Ils étaient tous les deux en train de rechigner parce qu'ils voulaient aller au square et pas traîner dans le vide-greniers, et je suis partie en vrille sur autre chose, la chaleur, le soleil, les cancers de la peau, les maux de tête, la crème solaire.

C'est parce que je ne sais pas quoi faire avec eux.

Il faut dire que je n'ai pas eu d'entraînement. Je n'ai pas eu des années à rêvasser sur l'éducation. Je n'ai pas eu neuf mois de nausées diverses pour faire le point et potasser les guides de femmes enceintes.

Ils me sont arrivés tout faits il y a deux ans – des porcelaines dans ma vie d'éléphant. Ma mère me donne un coup de main de temps en temps, mais ses nerfs sont fragiles depuis la disparition de ma sœur, et le père des enfants ne vaut pas beaucoup mieux. Chaque fois qu'il les prend et qu'il entend la voix de Cécile, il a un sursaut et de l'eau plein les yeux. Elle a la voix de sa mère.

Alors, la plupart du temps, c'est moi qui m'en occupe. Je les inscris à l'école et aux activités périscolaires, je les promène le mercredi après-midi, je vais au cinéma le samedi et parfois même le dimanche. Les moments de répit, ce sont les vacances. Ils passent des semaines entières chez leurs grands-parents paternels, mais Quentin m'a dit tout à l'heure qu'ils s'y ennuyaient. Il a dit qu'il en avait marre de faire du mur avec la balle de tennis. Je n'ai pas compris, alors Cécile m'a expliqué. Quentin reste des heures à faire rebondir la balle de tennis contre le mur de la maison. Elle, elle lit, ou alors elle attend. Je lui ai demandé ce qu'elle attendait, elle a haussé les épaules. Elle a dit « que ça passe ». Que ça passe la douleur, que ça passe toute cette portion de vie gâchée – tendre vers l'autonomie, la prise en charge de sa propre vie. Elle a déjà annoncé qu'elle ferait des études courtes, contrairement aux vœux de ma sœur ; elle veut gagner de l'argent vite, pour mieux respirer. Personne n'a osé la contredire.

Personne n'ose les contredire, maintenant.

Parfois, c'est problématique, surtout avec Quentin. Il est encore petit, et comme il voit que tout le monde cède à ses desiderata, il ne se prive pas de faire des comédies. Je suis la seule à mettre le holà, et les autres me regardent avec terreur et envie tout à la fois. Quentin hurle, il se roule par terre, il crie que je suis méchante, que je suis une sorcière et il finit par pleurer sa mère – mais je ne cède pas.

Je ne pleure pas sa mère.

Nous n'avions pas de très bons rapports. Je ne l'ai jamais bien comprise. Elle était dans le trip avoir des enfants tôt, la maternité, c'est tellement épanouissant, et puis se caser dans une maison, avoir une vie bien réglée, c'est ce qui compte. Moi, c'est l'inverse. Je rêve de parcourir le monde comme une pierre qui roulerait dans tous les sens, de partager des nuits avec des presque inconnus qui me colleraient au plafond de désir et de sensualité – des frôlements de sueur dans la nuit gluante. Je voudrais changer de métier tous les trois ans et ne plus retrouver le chemin de cette ville qui m'asphyxie. Nous en avons parfois parlé, ma sœur et moi, mais nous étions comme deux chiens de faïence sur un manteau de cheminée, nous ne communiquions pas réellement. Sa seule réponse, c'était « tu verras quand tu seras plus vieille » – mais elle n'avait que trois ans de plus que moi – et ensuite « tu verras quand tu auras des enfants », ce à quoi je rétorquais que je n'en aurais probablement pas, des enfants.

Désormais, j'ai les siens.

J'ai les siens et je ne sais pas toujours quoi en faire, parce que la fibre maternelle ne s'est jamais développée – j'ai peur qu'à vingt-neuf ans, ce ne soit un peu trop tard. Je ne le regrette absolument pas. Je ne suis pas faite pour ça, c'est tout. J'entends dire que c'est de l'égoïsme – je n'en ai pas l'impression mais je n'en mettrais pas ma main au feu. Je ne mettrai jamais ma main au feu de toute façon – et je ne donnerai jamais ma langue au chat.

Ce qui est étrange, maintenant, c'est que mes rêves ont du plomb dans l'aile. J'étais presque décidée à m'envoler pour l'Asie du Sud-Est sans billet de retour quand elle a eu sa crise. Elle a commencé à respirer difficilement, ses bronches sifflaient, en quelques minutes c'est devenu impressionnant. C'est comme ça que ça a dû se passer mais moi, je n'étais pas là. J'étais en train de potasser les cartes de géographie et les guides touristiques dans une librairie du centre-ville. Je n'avais pas branché mon portable et quand bien même je l'aurais fait, ce n'est pas moi qu'elle aurait appelée. Elle a téléphoné à son mari, il a quitté le bureau en catastrophe, les gamins étaient à l'école, la grande en dernière année de primaire, elle étudiait les planètes du système solaire, Uranus, Neptune, Pluton qui n'est qu'un caillou, Vénus qui brille dans le ciel le soir – elle se berçait de noms, elle les répétait dans l'ordre et puis à l'envers. Quentin était à l'école maternelle, il faisait le petit train et chantait que les petits poissons dans l'eau nagent, nagent, nagent, nagent, nagent, les petits poissons dans l'eau nagent aussi bien que les gros.

Elle a appelé SOS Médecins aussi – et l'hôpital. Et puis elle est tombée. Coma profond. Elle n'a pas entendu son mari rentrer dans la maison – ni, derrière lui, l'armée des toubibs. Elle n'a pas entendu l'affolement, les cris, les pneus qui laissent de la gomme sur l'asphalte – elle devait être dans un monde ouaté – des milliers d'astéroïdes croisaient au loin – et la lumière de la Terre, bleutée – c'était reposant, et elle avait besoin de repos. Je savais qu'elle avait besoin de repos. Elle me l'avait dit peu de temps auparavant. Les enfants, tu sais, c'est épuisant et parfois, je me sens à bout de forces. C'était la première fois qu'une pensée un peu négative perçait – j'étais en train de peler une pomme et le couteau a ripé de surprise, je me suis entaillé l'index. J'ai toujours la cicatrice.

C'est moi qui suis allée les chercher à la sortie de l'école. Cécile a tout de suite compris que quelque chose ne tournait pas rond. Elle a voulu savoir, je n'ai rien caché. J'ai vu le haut de son nez se plisser et les dents se serrer pour empêcher l'air de passer – mais elle a tout de suite enchaîné, il ne fallait pas prévenir Quentin, il ne pourrait pas comprendre, on allait attendre ce que disaient les docteurs, en attendant, on dirait que maman était allée à Paris pour se détendre un peu.

Sur le lit d'hôpital, elle devait être détendue.

Je l'ai trouvée détendue lorsque j'ai enfin eu du temps pour aller la voir. Mais tous les tissus s'étaient détendus en même temps et la bâche en plastique qui la recouvrait ne lui seyait pas à merveille. Son teint était cireux. C'est ma première morte – je préfère ne pas y repenser. Comme je préfère ne pas repenser à Quentin lorsque, soudain, au milieu d'une nuit sans histoires, il a compris dans ses rêves que sa maman ne reviendrait plus du tout, jamais, et il voyait son visage sur tous les murs de l'appartement – cette nuit-là, j'ai serré les poings et j'ai décidé que tant pis, je ne les abandonnerais pas. J'attendrais. J'attendrais quelques années, une dizaine peut-être, qu'ils retrouvent la terre ferme sous leurs pieds, qu'ils puissent recommencer à courir – qu'ils me quittent.

Dans dix ans, je n'aurai probablement plus dans la tête la liste des villes du monde, Vancouver, Tokyo, Benarès, Kuala Lumpur, Tallin – je souhaiterai seulement la paix, une paix profonde – et du silence. Je regarderai les émissions de voyage à la télévision – ce sera bien aussi. Dans les sacrifices rituels, dit-on parfois, les victimes sont consentantes.

Ce qu'il y a eu de bien, avec le bob, c'est que je les ai fait rire – et cela ne leur est pas arrivé depuis très longtemps, avec une tierce personne. Parfois, entre eux, oui. J'entends leurs gloussements dans leur chambre. Mais dès qu'un étranger pénètre dans leur périmètre, leur grand-mère, leur père ou moi, le cordon de l'insouciance se coupe net. Là, quand j'ai mis le chapeau, Quentin n'a pas pu se retenir. Je ne me souviens plus de mes grimaces ni de mes interjections – je sentais que les mots se détachaient de moi et devenaient des ballons, le rire de Quentin les faisait monter de plus en plus haut – j'ai eu peur de la chute, mais elle a été douce. J'avais le bob bleu rayé de blanc sur la tête et je faisais l'andouille, je devenais autre chose que la femme au destin contrarié, l'annonciatrice des mauvaises nouvelles. Je pouvais être clown. Un clown aux couleurs d'un ciel de printemps, du bleu, des rayures blanches – comme des nuages de beau temps – voilà – je suis heureuse d'être allée au vide-greniers ce matin.

C'était une putain de bonne idée.

Le cadre rouge en bois peint

Dans la voiture, Anne a gardé le cadre dans ses bras, elle avait les yeux dans le vague. Lorsque je lui ai dit que nous pouvions le jeter sans problème, elle a eu un air affolé puis offusqué. C'était un magnifique cadeau. « Ce cadre, tu comprends, c'est quelque chose de fort, de familial. C'est une transmission. Une reconnaissance. »

Je n'en reviens toujours pas.

J'essaie de me calmer, mais c'est difficile. Il faut que je fasse bonne figure parce que les enfants sont avec moi et que je ne peux pas exploser, ils ne comprendraient pas. Pour l'instant, la séparation se fait dans la douceur – un peu trop de douceur même, j'imaginais davantage de larmes et de cris, de la couleur, du rouge – mais non. J'en ai même conçu comme une déception – tout de même, treize ans ensemble, ce n'est pas rien, mais c'est comme si Antoine n'éprouvait pas grand-chose, comme si c'était une sorte de non-événement, voilà, on se sépare, tout le monde divorce aujourd'hui, alors on va juste faire en sorte que cela se passe dignement et avec grâce.

La grâce et la dignité, je peux les envoyer péter tous les jours.

C'est sûrement ce qui nous a tués, tous les deux – notre attitude envers la dignité. Antoine a ce côté défaitiste ironique, il prend tout de suite du recul et se dit que tout cela n'est pas bien grave quand on considère les horreurs qui secouent le monde – un pessimiste attentiste et dilettante. Je l'ai aimé pour ça au début – il n'était pas de la même trempe que ces mecs égoïstes et fonceurs pour lesquels j'en avais pincé. Des destructeurs d'existence. Des spécialistes des châteaux en Espagne et des désengagements. Alors oui, j'ai aimé sa différence et j'ai aimé qu'il accepte la situation comme elle se présentait, sans chercher à l'édulcorer ni à la fuir. J'ai aimé qu'il veuille construire. Bâtir avec moi. Un appartement avec chambre d'enfant. Un pavillon dans l'agglomération. Et puis, lentement, sa distance m'a épuisée. Il me fallait du contact, du close-combat, de la chair et du sang – des réactions physiques – or, plus le temps a passé et plus Antoine est devenu un mur. J'ai fini par me murer également. Par lever les yeux au ciel, hausser les épaules, tourner les talons – une communication minimale.

Ce que je ne comprends toujours pas, c'est comment on peut paraître aussi indifférent au monde qui vous entoure et, sans prévenir, monter en mayonnaise comme il a pu le faire et comme il le fait parfois encore contre Léo. Il ne dit rien, il encaisse et puis tout à coup, c'est l'ouragan, une tempête insultante et dévastatrice, une humiliation devant témoins. Je suis lucide. Je sais que j'ai probablement surprotégé Léo et que je lui ai laissé trop de liberté dans les premières années – il pensait qu'il avait le droit de tout faire, il dessinait sur les murs du couloir, je dormais dans son lit une nuit sur deux. Mais c'est moi qui étais responsable et c'est contre moi qu'Antoine aurait dû exercer sa fureur – pas contre le gamin. C'est si loin, tout ça, maintenant.

C'est si loin que j'ai du mal à me dire que cela a bel et bien existé. Depuis son entrée au CP, Léo s'est refermé d'un coup. Nous en avons parlé avec les diverses maîtresses, elles ouvrent des yeux ébahis, nous racontons et elles répliquent : « Léo ?... mais Léo, c'est le bon copain de tout le monde à l'école, le meneur de jeu, il est épanoui, il rit fort, il est toujours si enthousiaste. » Pourtant, dès qu'il franchit la porte de l'école, le sourire s'évanouit, il regarde droit devant lui, il fait ce qu'on lui demande de faire et dès qu'il peut, il s'évade dans sa chambre. C'est ma faute, sans doute – mais je ne peux pas m'empêcher d'en vouloir à Antoine. Antoine et ses préférences pour Mathilde. Antoine et son absence de désir d'avoir un fils. Pendant la grossesse, il n'arrêtait pas de répéter que le gynéco s'était peut-être trompé, après tout, ça s'était déjà vu. Je le prenais par le bras, je répondais « oui, cela s'est déjà produit, mais dans l'autre sens » – on croyait attendre une fille mais le bébé était mal positionné à l'échographie et c'était finalement un garçon – pas l'inverse. Je riais. Je lui disais « mais pourquoi est-ce que ça te fait si peur d'avoir un garçon ? ». Il répondait qu'il ne savait pas ce qu'il était censé transmettre.

Je n'aime pas le verbe transmettre. Je n'aime pas l'idée de transmission. C'est si loin de tous ces liens complexes qui se tissent entre les parents et les enfants, si détaché du réel. Une transmission, c'est un héritage, un témoin des années passées – je ne veux pas que mes enfants aient à subir le poids de mes souvenirs. Je les veux libres et débarrassés de mes oripeaux. Même si je sais que c'est illusoire.

Je viens également de me rendre compte qu'il est illusoire de croire qu'une histoire finissante peut laisser dans le cœur des images mordorées et douces. Je pensais que, malgré son apparente froideur, Antoine gardait au fond de lui la tendresse des moments partagés et cette idée sculptée dans sa peau – elle et moi, nous avons formé un couple, un duo, puis un trio et enfin notre quatuor et cela, rien ne peut nous l'arracher ; personne ne pourra venir violer notre mémoire.

J'étais forte de cette certitude-là, aujourd'hui. Je suis allée au vide-greniers en compagnie des enfants avec cette puissance en moi. Je voulais qu'il nous voie arriver et qu'il nous reconnaisse de loin. Qu'il se dise, voilà ma femme, même si elle m'a quitté. Voilà ma famille, même si elle est désunie. Voilà ce que j'ai fait de plus beau au monde – n'ayons pas peur des mots. J'avais l'intention de lui faire comprendre que même si nos chemins divergeaient, nous serions toujours ensemble, d'une certaine façon. J'avais envie de calme et d'une volupté étrange nourrie de nostalgie lucide et de respect mutuel.

Mon cul.

Nous étions à peine entrés dans la rue de la Cité, les enfants et moi, que j'ai croisé cette femme qui, comme une chienne marquant son territoire, tournait autour des étals, revenait en arrière, passait de stand en stand. Une aventurière de la brocante. Une voleuse de bricoles. Je n'avais pas l'intention de la dévisager comme je l'ai fait – elle s'est arrêtée, elle s'est demandé pourquoi mon regard était aussi cruel. Elle ne pouvait pas comprendre. Sous son bras gauche, elle portait le cadre rouge en bois peint.

Merde – le cadre rouge en bois peint, bordel.

Je sais bien qu'Antoine ne l'a jamais particulièrement aimé, il m'en a parlé une fois, il le narguait sur la cheminée depuis qu'il était petit, il en était arrivé à le détester. Mais, désolée, il n'avait pas le droit. D'abord, il ne lui appartient plus, le cadre rouge en bois peint. C'est sa mère qui me l'a donné quand Mathilde était toute petite. Je me souviens de ses bras autour de mes épaules et de ses cils dans mon cou, elle pleurait et elle ne voulait pas que les hommes la voient – elle m'a murmuré qu'elle n'y croyait plus, elle avait fait une croix sur les petits-enfants, elle pensait qu'Antoine ne voulait pas de descendance, il avait déjà tellement honte de ses ascendants.

Même ensuite, même plus tard, quand les relations avec ma belle-mère se sont tendues, dans les moments de friction, je n'ai jamais oublié cet instant-là. La communion des femmes et ce don, il signifiait tellement pour elle – elle me donnait ma vie à venir, elle enterrait la sienne. Pour le coup, la transmission, elle était là, épidermique et tremblante – des mots dans ma nuque et son souffle qui me donnait la chair de poule.

J'aurais dû le prendre en partant.

J'ai hésité. J'avais dans les mains tous ces albums photo, tous ces visages souriants, les cadeaux de Noël, les dimanches sur la balançoire, août à la campagne – j'ai vu Antoine dans l'entrée, il me regardait empiler et j'ai eu pitié de lui. J'ai laissé le cadre rouge en bois peint. Je m'en veux.

Il faut que j'arrête de m'en vouloir. Il faut que je lui en veuille, à lui. Comment peut-il jeter pardessus bord l'objet qui a servi à éterniser nos moments les plus intimes et les plus joyeux ? C'est comme s'il nous crachait à la figure. Et puis quoi encore ? Demain, il va venir nous voir et nous annoncer qu'il part à l'autre bout du monde pour le restant de ses jours ?

Et l'autre pétasse qui se trémousse devant tous les stands avec mon cadre sous le bras. Elle croise à nouveau mon regard. Elle est mal à l'aise. Elle cherche une échappatoire. Je ne la lâcherai pas. Rends-moi mon bien. C'est mon histoire que tu tiens dans tes mains. Mon histoire et celle de mes enfants.

Mathilde me touche le bras – elle me fait sursauter. Je suis un bâton de haine. Je tourne la tête deux secondes et une fois de plus, je suis happée par le profil de ma fille. Comme tous les matins et comme le soir, au coucher. Lorsque son nez se découpe ainsi et que son œil s'aiguise, elle ressemble comme deux gouttes d'eau à Nicolas. En revanche, de face, et de dos aussi, elle est le portrait craché d'Antoine. Le creuset improbable des deux hommes que j'ai le plus aimés.

La phrase s'est formée sans que j'y réfléchisse. Ce n'est pas très gentil pour Christophe – le dentiste de mes rêves. Ce n'est pas très gentil, mais je ne suis pas très gentille. C'est ce qui l'attire chez moi. Je ne suis pas en adoration devant sa petite personne. Pourtant, il y a de quoi. C'est un bel homme de la quarantaine, dévoué, engagé, qui a traversé le monde pour sauver les molaires des Africains et les incisives des Asiatiques, qui a survécu à des épreuves autrement plus dangereuses que celles qu'il m'a été donné de traverser. Adorable avec les enfants – tout à la fois ouvert, respectueux, sachant se faire respecter tout en restant tendre. Excellent coup au lit sans jamais s'en vanter. Nous passons ensemble des moments enchanteurs. Je sais que nous allons nous accompagner dans la vieillesse et qu'elle nous ira bien.

Son seul défaut – il n'y peut rien.

Son seul défaut, c'est de n'avoir pas été là, un soir il y a treize ans, et de n'avoir pas été celui qui a dit « je crois que je vais rester » alors que je pensais que l'homme en question prendrait ses jambes à son cou ou insisterait pour un avortement. Son seul défaut, c'est de n'avoir pas été celui qui m'a tenue dans ses bras cette nuit-là en me répétant que tout se passerait bien, que nous serions heureux, ensemble. Que nous allions construire.

Le même qui aujourd'hui vend le cadre rouge en bois peint pour quelques euros – quelques centimes seulement, si ça se trouve – et qui jette par la fenêtre les moments les plus poignants de notre vie à deux.

La fille au cadre rouge en bois peint s'approche de nous. Les enfants, instinctivement, se rapprochent de moi. Je ne parviens pas à deviner s'ils m'épaulent et m'escortent ou s'ils se protègent.

Elle rougit un peu – elle avance une main – elle dit quelques mots. Elle prononce mon prénom. Elle me demande si je m'appelle bien Anne. J'acquiesce. Elle ajoute que nous nous sommes déjà rencontrées – à la conférence sur la taxe Tobin, vous vous souvenez ? – elle s'excuse de m'avoir ainsi dévisagée, ce n'est pas très poli, mais elle n'était pas bien sûre de me remettre. Elle voulait me demander si j'accepterais de venir prendre l'apéritif chez elle, un de ces jours. Elle tenait à me parler d'un projet d'association.

Je souris – je retrouve même la fluidité des mots – je redeviens volubile. Nous convenons d'une date. Ce soir-là, je prendrai un grand cabas. Lorsqu'elle ira préparer des cocktails ou lorsqu'elle s'absentera aux toilettes, j'y enfournerai le cadre rouge en bois peint. Parce qu'il est à moi.

Et à moi seule – désormais.

Le hamac rouge, vert et jaune

En face de moi, un homme d'une quarantaine d'années – une sorte de double en plus mince et avec un regard plus embrasé – de la maladresse. Il s'est dirigé droit vers le hamac et il a failli renverser les disques et les bibelots de porcelaine.

Je vais rentrer à la maison et ils vont tous écarquiller les yeux. Maxime va sourire en coin en disant « ouais, classe, ça sert à quoi ? ». Sa sœur va encore prendre des airs outrés, « le vieux, il n'achète que des trucs pour lui, et moi, ma nouvelle carte pour le portable, je peux toujours courir, je suis dég', il fait style on n'a plus un rond et il se ramène avec une merde qu'il a dû payer les yeux de la tête ».

Quant à ma femme, je la connais. Placide. Moqueuse tranquille. « C'est pour une sieste crapuleuse dans le jardin, au vu et au su des voisins ? Parce que des voisins, je te rappelle qu'on en a. Et si je m'allonge nue dans ce hamac, ça va être l'esclandre. »

À dix mètres de la maison, il y a un immeuble de sept étages – vue plongeante chez nous. On a tout essayé, planté des arbres et des arbustes, posé une tonnelle – rien n'y fait – du sixième, on se rince l'œil. Je sais. J'y suis déjà monté pour vérifier. J'allais faire visiter un appartement à des clients et j'ai vu ma femme en train de repiquer des pensées. Agent immobilier. J'aurais pu trouver une maison plus appropriée, mais les cordonniers sont toujours les plus mal chaussés. Et puis, il y avait le prix. Défiant toute concurrence. Nous étions très peu à savoir que le projet de bretelle d'autoroute qui était censé exproprier tout le monde dans le coin avait été abandonné. Les anciens propriétaires ont cru qu'ils avaient fait une affaire en or. Ensuite, ils m'ont traité de tous les noms et puis ils ont menacé de me traîner en justice – je savais qu'ils ne le feraient jamais.

Le hamac, il irait bien entre le pommier et le cerisier si les deux susnommés n'étaient pas nains, on va avoir le cul qui traîne dans l'herbe et une position extrêmement désagréable, l'impression d'être dans un sac à patates. Le mieux, ce serait d'acheter des piquets mais ils ne vendent pas les montants sans le hamac qui va avec. Je trouverai bien une solution. En marchant, je suis sur le point de me ronger un ongle déjà rogné. Je m'arrête à temps, la dernière fois, ça s'est mué en panaris, j'ai souffert le martyre. Je fourbis mes armes, j'essaie d'imaginer des réponses qui feront mouche, mais autant je suis doué dans l'exercice de mes fonctions pour dénicher le détail qui accroche et emporter la vente, autant en famille je suis pris au dépourvu. Ils le savent et ils en profitent.

Ils sont déjà en train de se demander ce que je vais pouvoir rapporter de ce fichu vide-greniers ; chaque fois, il y a de l'acerbe et des crises de fou rire dont je suis la cible. Là, je crois que je vais en prendre pour mon grade.

– C'est quoi ?
– Un hamac.
– Ah ? Magnifique. On va le mettre où ?
– Je vais y réfléchir.
– Prends ton temps – ça ne va pas être facile.
– Dehors, sûrement.
– Bravo ! Je ne vois pas où mais c'est une bonne déduction.
– Merci.
– Et tu l'as acheté pour qui ?
– Pour moi. Pour me détendre.
– Bel exemple d'altruisme.
– Et pour lire.
– Oh, en plus, des bonnes résolutions !
– Parfaitement.
– Et tu l'as acheté pour quoi ?
– Comment ça pour quoi ?
– Laisse tomber.

Pourtant, c'est la bonne question. Et ce n'est pas ma femme qui la pose. Ce n'est pas Maxime non plus, ni Justine. C'est une voix à l'arrière-plan, une voix allongée sur une branche d'arbre, une brindille dans la bouche, le sourire goguenard. Tu l'as acheté pour quoi ?

Je viens de répondre à cette question.

Ttt, ttt, ttt... sois honnête, tu pensais à quoi quand tu as acheté ce hamac ?

Mais à rien, je l'ai vu et voilà, je me suis dit qu'il ferait bien.

Ttt, ttt, ttt... allons, ne tourne pas autour du pot... à quoi est-ce que tu pensais ?

Je ne comprends pas, au hamac, je...

Ttt, ttt, ttt... j'étais là, n'oublie pas, tu ne pensais pas au hamac – tu aurais acheté n'importe quoi – tu t'es vu bafouiller et presque renverser le pauvre amas d'objets ? Qu'est-ce que tu avais en tête ?

J'ouvre la portière de la voiture – je m'assieds – j'attache la ceinture de sécurité – je ne mets pas le contact – je regarde l'avenue Lyautey, déserte en ce dimanche ensoleillé. Je viens de quitter le vide-greniers dans un état second. Je ne me souviens même pas du chemin du retour.

Je ne l'avais pas revu depuis des années.

Mais le délavé des yeux et puis l'arête du nez – je l'ai reconnu tout de suite. D'un seul coup, j'ai retrouvé les fêtes de cet été-là, les retours au milieu de la nuit, les rencontres fortuites en ville. Nous avions brièvement fait partie du même groupe, un ensemble hétérogène de citadins provinciaux qui organisaient des soirées à la campagne ou dans cette maison dont venaient d'hériter Isabelle et son frère après le décès de leurs parents.

Il installait son hamac avec nonchalance – une sensualité presque insulaire. Il s'allongeait tandis que l'alcool se frayait un chemin dans les veines. Il s'aventurait rarement à l'intérieur. Je ne l'ai jamais vu danser quand la fête battait son plein. Il attendait qu'on vienne à sa rencontre et qu'on entame le dialogue. Certains s'y risquaient. Moi, je n'ai jamais osé l'aborder. Il me clouait sur place. Sa voix me brûlait. Ses gestes m'incendiaient. Je préférais m'oublier dans le salon – une bouteille – des substances indistinctes – je me disais que cela me donnerait du courage – je sombrais comme un transatlantique au milieu de l'océan nocturne. Et puis un jour, il n'a plus été là. J'ai eu du mal à retrouver le sentier de mon existence.

J'ai un peu de mal à respirer, mais ça va mieux. C'était pire tout à l'heure, je voulais faire demi-tour mais je n'ai pu que m'approcher du stand et observer comment le temps avait fait son œuvre, des traces un peu plus profondes au coin de la bouche, une ride sans élégance qui barre le front, quelques cheveux qui manquent sur le haut du crâne, des reflets argentés sur les tempes. Il a levé les yeux, j'en ai eu le souffle coupé.

Il est magnifique.

J'ai buté contre la table et toutes les breloques qui étaient là ont failli valser. Je me suis excusé, j'ai balbutié, j'ai rougi, je rougis toujours quand il ne faut pas, mais il a juste plissé les lèvres pour signifier que cela n'avait aucune importance. S'il m'a reconnu, il ne l'a absolument pas montré. Mais pourquoi m'aurait-il reconnu ? J'étais transparent à l'époque, et même si j'ai gagné en opacité, je reste un troisième rang de photo de classe. J'ai traîné autour de son stand quelques minutes. J'ai soulevé tous les objets, je les ai soupesés, je crois que j'en ai même caressé certains, après tout, c'était les siens, il y avait encore la marque de ses doigts, les films, il les avait regardés, les disques, il les avait écoutés – et puis mon regard a glissé vers le hamac.

Et là, la vision. Le cauchemar.

L'herbe est d'une tendresse insoutenable, un vert trop ardent. Le jardin semble abandonné, il y a un mur jauni au fond – une table en acajou – il fait chaud, bien sûr. Il est endormi dans le hamac rouge, vert et jaune, immobile. Je suis à quelques mètres de lui. Je m'approche doucement – je soulève délicatement les pieds, je ne voudrais pas qu'un craquement de brindille le réveille et le fasse se relever – je ne supporterais pas la confrontation. Je vois les bras abandonnés, son torse attendant d'être entouré. Je vois l'abdomen qui se soulève et me dis « viens ». Encore quelques pas. Cette fois-ci, je suis presque à le toucher. Il est nu. Je pourrais tendre les doigts et entrer en contact avec la peau – les phalanges qui se tendent et la douceur – je sens la boule dans la gorge qui se forme.

« Il vient du Mexique. »

J'ai sursauté.

Il avait dit quelque chose, il me regardait sans sourire, il se demandait ce que je faisais planté là. J'ai bredouillé « ah bon », mais je n'étais même pas sûr des paroles qu'il venait de prononcer – il parlait du Mexique, c'est ça ? Il parle encore, il indique un prix, je tente de me concentrer, je n'y parviens pas, je cherche un billet dans ma poche, je finis par en trouver un, tout froissé, au milieu d'emballages de chewing-gums et de mouchoirs usagés, j'ai honte, je donnerais n'importe quoi pour le hamac. La lune, le ciel, les étoiles, tout.

Je paie, je voudrais discuter encore un peu mais les mots se télescopent, je n'ai rien d'intéressant à dire, les phrases hurlent dans ma tête, je m'en vais.

Et maintenant je suis là – sur le siège du conducteur – j'ai la tête entre les mains – je suis inutile. J'entends les sarcasmes à venir – j'ai une famille ironique. Je suis leur cible préférée.

Je sors de la voiture – j'extirpe le hamac de la banquette arrière – il y a une poubelle un peu plus loin – je le fourre dedans.

Dix euros.

Presque une contravention.

Faut pas être très malin.

Le cendrier en métal doré

Une vieille dame s'approche du stand. Elle m'adresse un sourire timide. Je la reconnais. Elle habite à quelques maisons de chez nous – enfin, de chez moi, désormais. Elle s'intéresse particulièrement au cendrier.

La tête m'a tourné et je me suis sentie mal. J'ai cru que le sol se dérobait sous mes pieds et que j'allais tomber. Heureusement que la jeune femme qui tenait le numéro 123 m'a vue et qu'elle a donné l'alerte. Je me suis sentie portée jusqu'à la terrasse du café. On m'a proposé d'appeler l'hôpital mais j'ai eu la force de refuser. J'ai dit que c'était sûrement de l'hypoglycémie, ou un coup de chaleur. Je ne pensais pas qu'il pourrait faire aussi chaud, au mois de juin. Je me suis excusée. J'ai commandé un jus d'orange et j'ai demandé s'il restait un pain au chocolat. Maintenant, je suis à l'ombre – les badauds m'ont quittée en me conseillant de faire bien attention. La jeune femme du numéro 123 est restée un peu plus longtemps avant de rejoindre son stand. Mais je vois bien qu'elle m'observe du coin de l'œil. C'est fou comme depuis la canicule, les gens se préoccupent des vieux. À croire qu'ils ont peur de les voir choir dans la rue et crever au milieu du bitume. Les fortes chaleurs ont fait éclore toutes les mauvaises consciences. Un vieux, on avait oublié que ça se soigne.

Parce que vieille, je le suis. Je suis même l'archétype de la vieille. Une personne âgée telle qu'on l'imagine. Soixante-dix-huit ans, maigrelette, des cheveux aux reflets violacés, une petite bouche qui se tord toute seule par moments, sous le poids des mots qui voudraient sortir et qui ne parviennent pas à franchir l'écluse des lèvres. Une robe-tablier noire et mauve avec des dessins de fleurs, des chaussures violettes elles aussi – comme une coquetterie qui s'attarde. Des yeux enfoncés dans les orbites et cachés derrière d'épaisses lunettes aux verres teintés. Même mon prénom est un prénom de vieille. Je m'appelle Joséphine.

Le cafetier sort à nouveau de la salle et vérifie que je suis toujours là. On dirait un médecin qui vient prendre le pouls ou la tension, régulièrement. La terrasse du café comme une salle d'attente des urgences. « Alors, mamie, on se sent mieux ? » Je hoche la tête. Mamie récupère. Mamie voudrait surtout qu'on lui foute la paix à présent. Mamie a un peu honte de s'être laissé déborder et de s'être donnée en spectacle, mais maintenant, Mamie aimerait fermer les yeux et écouter le bruit de la rue. Et surtout ne pas dormir. Quand elle ferme les yeux, Mamie ne dort pas. Mamie plonge. « Faut faire gaffe au soleil, mamie, il est fourbe. »

Ce n'est pas le soleil – pas exactement.

C'est le reflet du soleil sur le petit cendrier en métal doré.

Je le sens dans la poche de ma robe-tablier. Je le caresse. Je ne veux pas le sortir. Je suis avec les doigts les dessins d'étoiles, les gravures géométriques. Je respire profondément. Mamie ne pensait jamais le retrouver. Mamie n'est même pas sûre que ce soit le sien, le cendrier. Mais Mamie a des doutes. Un faisceau de suspicions qui fait office de certitudes. Et Mamie ne sait plus où elle en est.

Je suis venue habiter dans cette ville il y a six mois. Paul était mort l'année précédente et la maison de la côte normande était devenue trop grande pour moi. Beaucoup de monde m'a rendu visite. Les services sociaux qui craignaient que je ne fusse trop isolée. Les agences immobilières qui me vantaient les avantages des maisons de retraite et tentaient de me faire vendre. Les enfants des voisins, parfois avec leurs rejetons, qui m'apportaient des gâteaux et des sucreries et qui se montraient d'une gentillesse confondante alors qu'ils m'avaient toujours ignorée. J'entendais leurs complots – « on ne sait jamais quelles richesses recèle cette bicoque, et puis, elle n'a plus d'enfants, alors, elle va bien faire un testament, elle ne va pas laisser tout ce bien se perdre ». Ces phrases traversaient leurs esprits et je les voyais clignoter sur leurs fronts comme des guirlandes de Noël.

Je n'ai pas voulu de leurs calculs et de leur fausse commisération. J'ai toujours été une femme indépendante. J'ai commencé à travailler très jeune et à la fin de ma carrière professionnelle, je dirigeais une équipe de vingt personnes. Je connais toutes les bassesses et tous les coups en douce – je les ai moi-même beaucoup utilisés. J'ai longtemps réfléchi dans le salon poussiéreux – je ne voulais même pas d'une aide-ménagère. Les pistes qui s'offraient à moi étaient ténues et peu reluisantes. Un mouroir luxueux et des heures à me disputer avec les autres vieux et à aligner des Scrabble épuisants avec les Alzheimer.

Un engoncement solitaire dans la grande maison et la difficulté à trouver ma place dans cette demeure où l'ombre de Paul planait toujours – ne serait-ce que dans l'odeur de camphre de ses ultimes médicaments.

Bien sûr, j'ai pensé à Nicolas. S'il avait été encore en vie, il serait venu me voir de temps à autre, et cela aurait suffi à rompre la monotonie et à attendre la mort sereinement. Mais Nicolas s'est tué en moto il y a presque treize ans maintenant, en venant nous rendre visite – depuis, la vie n'a plus la même saveur. La décrépitude de mon mari et les différentes attaques datent de là. Nous avions vécu en hobereaux provinciaux, petits coqs en manoir, pendant soixante-cinq ans, avec nos certitudes collet monté et nos positionnements farouches – tout a volé en éclats. Nous nous sommes retirés du monde.

Curieusement, le décès de Paul m'a libérée. Je sais dorénavant que je suis seule au monde, aussi légère qu'une plume, aussi insignifiante qu'une goutte d'eau – je fais enfin de mon existence ce que je veux.

Dans la maison normande, un soir, j'ai sorti les lettres et les photos. Je ne me suis pas attardée sur l'enfance et les clichés des soirées de bienfaisance. Quelque chose me turlupinait. J'avais nettement l'impression d'avoir laissé passer un élément important – juste avant l'accident de moto. Un détail que le choc de la collision et la douleur du deuil avaient complètement oblitéré.

J'ai passé des heures dans les cartons, au grenier. Ce n'est pas une place pour une vieille. Il y faisait un froid glacial et j'avais les doigts gourds. J'ai relu les cartes postales et j'ai regardé les clichés. Nicolas et ses premières conquêtes. Nicolas aux États-Unis. Nicolas sur la plage. Nicolas et Anne. Celle-là, elle était venue à la maison une fois. Elle avait observé nos rites et s'était tenue à l'écart. Elle m'avait fait mauvaise impression. Elle n'était pas de notre monde. Aujourd'hui, bien sûr, je lui donne raison. Nous la regardions comme une bête curieuse mais c'est elle qui visitait le zoo.

J'ai trouvé la lettre. Datée d'une semaine avant l'accident. C'est curieux cette tendance qu'avait Nicolas à toujours doubler ses coups de téléphone d'un courrier. Cela me touchait énormément.

Toute sa vie, il n'a jamais arrêté d'écrire. Je lui disais parfois qu'il aurait dû être romancier, un romancier épistolaire à la Sévigné, et il éclatait de rire. Pourtant, j'étais sérieuse. Depuis l'enfance, il avait toujours aimé tracer des minuscules et des majuscules et noircir des pages. C'est ce qui est dommage, avec la mort impromptue. Elle vous empêche de devenir ce que vous êtes. Elle coupe court.

« Comme je te l'ai dit au téléphone, je viendrai la semaine prochaine en Normandie. Je pense arriver mardi, pour éviter les bouchons. Il y a vraiment quelque chose dont je dois te parler, maman. En long, en large, en travers. Peser le pour et le contre. Réfléchir aux conséquences. Mais je ne veux pas te l'écrire. Je veux te le dire de visu. Voir ta réaction sur les traits de ton visage. Alors, je saurai. Je n'en parlerai pas à papa. Il y a des choses que seules les mères comprennent. »

Sur le moment, j'ai pensé qu'il voulait me parler d'orientation sexuelle. Je ne m'étais jamais posé la question parce que je l'avais toujours connu avec des filles, une différente toutes les semaines jusqu'à cette Anne – mais après tout, je ne savais rien de sa vie privée. On ne connaît jamais vraiment l'intimité de l'autre, ce à quoi il pense pendant la masturbation, les images qui font durcir ou mollir les hommes, qui humidifient ou assèchent les femmes.

Évidemment, ma première réaction a été de songer aux petits-enfants que je n'aurais pas. Et puis, je me suis dit que cela pouvait toujours se régler – on trouverait des moyens de substitution, des mères porteuses, des fécondations in vitro, tout ce dont le curé et Paul ne voulaient pas entendre parler – mais ils n'en entendraient pas parler. Il y a des choses que seules les mères comprennent.

J'étais prête à recevoir la confession – et c'est Dieu ou Qui Que Ce Soit Qui Règne Au Ciel (c'est-à-dire probablement personne) qui l'a entendue. Nicolas n'est pas parvenu jusqu'à la maison.

Ensuite, tout est devenu très noir – de plus en plus noir, comme une cécité programmée, un glaucome de l'existence. J'en sors à peine – grâce à un autre deuil. La vie est vraiment curieusement faite. J'ai soixante-dix-huit ans et je m'autorise l'indignité – enfin. C'est le plus bel hommage que je puisse rendre à mon fils, qui fut, lui aussi, un fils indigne, menant une vie dissolue dans un théâtre de boulevard de la capitale. Un emploi que Paul lui avait dégoté en désespoir de cause après des ratages successifs dans les classes préparatoires, les universités et les écoles de techniciens. Un emploi qui, étonnamment, lui a plu et dans lequel, paraît-il, il était très performant.

Ce soir-là, dans la maison normande, la lettre dans la main, j'ai décidé de remonter la piste de Nicolas. J'avais soixante-seize ans, une constitution un peu fragile, un air un peu pincé – mais c'est devenu ma raison de vivre. J'ai contacté une agence immobilière et notre demeure a été achetée en moins d'une semaine – elle était convoitée. J'ai cessé de recevoir les infâmes gâteaux aux pruneaux des voisins. J'ai pris une chambre d'hôtel à Paris, pour quelques mois. J'étais bien décidée à dilapider nos infortunes.

À Paris, je suis devenue une enquêtrice d'Agatha Christie – une miss Marple provinciale. Je prenais le taxi pour des rendez-vous avec ceux qui avaient connu Nicolas – j'ai rencontré des cadres, des instances dirigeantes, mais aussi des employés et des ouvreuses. Je n'avais plus de tabous. Je voulais juste qu'on me parle de mon fils. C'était mon histoire et quand elle serait finie, quand le fil se serait déroulé, quand je serais devenue une Schéhérazade de bazar, alors le Sultan d'en Haut pourrait me rappeler à lui.

Je me souviens de tous les entretiens – la suspicion au début, et puis l'impatience, le coup d'œil vers la montre, elle va me gonfler longtemps, la vieille ? et puis, tandis que je m'expose, la pitié souvent et parfois la tendresse – ensuite, la plongée dans les eaux troubles, le retour des couleurs perdues.

Nicolas n'était pas un ange – je n'ai jamais prétendu le contraire. Je suis moi-même une sorte de démon.

J'ai appris les fêtes au-dessus du théâtre, le demimonde, la nudité, les substances illicites. J'ai appris aussi les prises de bec, les coups de colère et le cassant de ses réflexions.

Rien ne m'a choquée – si ce n'est la tristesse de mes interlocuteurs lorsque j'évoquais ces années-là. Ce n'était même pas de la nostalgie, parce qu'on ne regrette pas la perte du temps, on ne regrette que le temps perdu. C'était de la tristesse pure – presque scintillante.

Nicolas était un organisateur de soirées hors pair, apparemment. Dans son appartement, toutes les couches sociales se croisaient et s'accouplaient. Il savait recevoir, comme on dit. Et il finissait invariablement dans une toute petite pièce, au bout de l'appartement – celle dont le plancher surplombait directement la scène du théâtre. Il l'appelait le boudoir, ou le fumoir. Il y avait là son fauteuil préféré. On le retrouvait souvent, au petit matin, le corps cassé, les pieds sur la table basse et la tête contre le dossier du fauteuil – la joue sur le velours.

Je le vois maintenant – je le vois très distinctement. Je pourrais le dessiner les yeux fermés.

J'ai évoqué les amitiés particulières – ils m'ont tous ri au nez. L'un de mes interlocuteurs, un certain Oscar, m'a confié que lui-même, homosexuel certifié conforme, avait essayé d'attirer Nicolas dans ses bras mais n'y était jamais parvenu. Nicolas aimait les femmes. Oscar a eu un petit mouvement de recul et un pincement des lèvres et il a ajouté

« enfin... ». Je me suis engouffrée dans la brèche. – Enfin, quoi ? – Enfin, non, il ne les aimait pas non plus, vous savez... Elles essayaient parfois de forcer l'intimité parce que derrière son allure de fonceur et de décideur, toutes les portes semblaient fermées... Mais elles se décourageaient vite... Normal, non ?... Elles parlaient d'une certaine sécheresse des sentiments. – Vous vous souvenez d'une fille qui s'appelait Anne ? – Oui. Très bien. C'est elle qui s'est accrochée le plus, mais elle aussi a fini par lâcher prise. – Vous vous souvenez de son nom de famille ? – Non. Vous voudriez la retrouver, elle aussi ? – Oui. – Mais si elle s'est mariée... – Je sais.

Il a eu un éclat de rire qui sonnait faux.

– On peut toujours essayer avec le nom de celui qui l'a soufflée à Nicolas. – Pardon ? – Euh... je veux dire... elle est partie avec... enfin, Nicolas n'a pas fait l'effort de la retenir, non plus. – Vous seriez assez gentil pour me retrouver le nom de cet homme ? On ne sait jamais. – Ça ne devrait pas prendre longtemps... Il travaillait dans cette multinationale... J'ai toujours quelques contacts... Mais vous êtes sûre que tout cela est bien utile ? – C'est à moi d'en décider, mon jeune ami.

L'expression « mon jeune ami » l'a totalement déridé. En quelques minutes, j'ai eu accès au nom que je cherchais. Puis, Oscar et moi, nous avons poussé l'enquête un peu plus loin – il y a désormais à disposition des moyens modernes qui permettent de localiser tous les vivants sur la terre.

J'ai trouvé l'adresse d'Anne et Antoine. J'ai quitté la chambre d'hôtel parisienne. J'ai pris le train pour la province. Je suis arrivée l'année dernière, au mois de septembre. Lorsque je suis sortie de la gare, je ne pensais rester que quelques jours. Et finalement, j'ai loué un minuscule appartement de plain-pied.

Ce sera ma dernière demeure.

Le premier jour, je suis allée me promener au centre-ville – enfin, comme on peut se promener à mon âge – un pied devant l'autre, le nez dans les pavés disjoints pour ne pas tomber. Ce que j'ai vu m'a plu. Quelques rues piétonnes, une ambiance un peu feutrée, un ennui délayé – juste ce qu'il faut de sédatif pour une vieille. L'après-midi, j'ai pris un taxi pour l'agglomération. Le chauffeur m'a tout de suite dit « au supermarché ? », je n'ai pas eu le cran de lui répondre non. Je me suis retrouvée dans cette grande surface qui n'est qu'à deux ou trois cents mètres de la maison d'Anne et Antoine. J'étais un peu perdue. Je me suis assise pour boire une verveine dans un café de la galerie marchande. Il était quinze heures. Lorsque Mathilde est passée devant moi avec sa mère, j'ai cru que j'allais faire une syncope. Je ne pensais pas les voir si tôt et surtout, j'étais au fond de moi persuadée de m'être trompée, d'avoir mal interprété la lettre de Nicolas, de m'être fait un roman à partir d'un incident sans importance. Mais son profil – elle a son profil – de façon saisissante. Et quand elle est de face, alors elle ressemble à Antoine.

J'ai eu du mal à m'en remettre – et petit à petit, j'ai réorganisé la fin de ma vie. J'ai trouvé cet appartement, à quelques dizaines de mètres de chez eux. Il est défraîchi et assez malcommode, mais je n'en ai cure. Je me suis mise à descendre et remonter la rue plusieurs fois par jour, pour les croiser. Maintenant, je fais partie de leur environnement. Ils me sourient et me saluent. Antoine, tout à l'heure, a eu des mots gentils pour moi, à propos du cendrier – il m'a dit « j'espère que ce n'est pas pour vous, ce n'est pas raisonnable ». Au début, j'ai plusieurs fois songé à me rendre chez eux et tout déballer, envoyer valser leurs valeurs et leurs croyances. Mais je ne sais pas qui est au courant de quoi – et je ne voulais pas me heurter à un mur de rejet. J'ai opté pour la douceur – et elle me sied. Je me rends compte, petit à petit, que tout ce qui m'importe finalement, c'est de les voir – de les savoir à mes côtés. Qu'ils ne soient pas conscients de ma présence ne me gêne guère, après tout. J'ai de la compagnie – c'est bien plus que la plupart de mes congénères. Et je sais que, de temps à autre, je peux compter sur eux et leur demander un service.

J'ai eu un peu peur au départ qu'Anne ne me reconnaisse – mais en y réfléchissant bien, elle ne m'a vue qu'une seule fois, il y a plus de quinze ans et dans un tout autre état. Je ne porte plus de ces robes griffées et je ne me cache plus derrière aucun fard. Et puis le temps a fait son œuvre – le temps, et la souffrance – l'impression que le terme est arrivé et qu'il va être long et solitaire – la tentation de la disparition.

Ils m'ont redonné la joie – et elle ne m'a plus quittée, malgré les inquiétudes. J'ai suivi toutes leurs histoires, le divorce, le déménagement, la mise en vente de la maison – je les épie chaque jour et sur un grand cahier noir, je prends des notes. Leurs péripéties me passionnent comme une série télévisée ou un roman à l'eau de rose. Je prends parti pour l'un ou pour l'autre. Je m'emporte, je tergiverse. Lorsque Anne est partie et lorsque j'ai vu la pancarte « à vendre » sur la maison, j'ai eu peur, je l'avoue. Peur de perdre à nouveau mes racines et ma raison de vivre. J'ai envisagé de déménager à côté de chez le dentiste – mais je ne voulais pas quitter Antoine non plus – c'est curieux, non ? Je l'ai adopté. Je sais qu'il a l'intention de partir à l'autre bout du monde, je le devine dans ses gestes et sa nervosité, il a la même faim dans les yeux que Nicolas au moment où il a pris le train pour Paris. Mais je sais aussi qu'il ne pourra pas s'y résoudre. Il a trop d'attaches ici – ses pieds sont coulés dans le béton de la chair, il ne parviendra pas à s'en extraire et il aimera sa prison.

Et puis, depuis la semaine dernière – tout est beaucoup moins grave.

C'était mercredi.

J'avais rendez-vous à la clinique pour ce mal persistant dans toutes mes articulations. Le médecin a été très gentil – il m'a tenu la main et il m'a demandé si je me doutais de quelque chose. J'ai répondu que c'était une libération et que je partirais curieusement comblée. Il a juste serré ma main un peu plus fort.

Depuis, je range, je classe – moi aussi, je vide mes greniers. Ce matin, j'ai mis sous enveloppe tous mes petits carnets de moleskine noire. J'y ai joint une très longue lettre. Je ne veux pas l'envoyer chez le dentiste. Je veux qu'Antoine la reçoive – et c'est lui qui décidera. Je lui fais confiance. Mardi ou mercredi, il me rendra sans doute une petite visite – nous avons tant de choses à nous dire. Ensuite – le temps ne m'appartient plus.

Ce qui m'appartient, aujourd'hui, c'est ce petit cendrier en métal doré que je viens de lui acheter et qu'il verra dans quelques jours, en évidence, sur la commode de mon salon. Je lui demanderai simplement si c'était celui de Nicolas. Je sais qu'il me répondra oui.

C'est Nicolas qui l'avait trouvé.

Il avait sept ou huit ans. Il s'amusait dans le jardin. Il avait décidé de creuser des trous pour jouer à la guerre. Il passait d'un trou à l'autre, de la position de l'allié à celle de l'ennemi. Je le regardais faire, je ne savais pas s'il fallait intervenir. L'empêcher de faire semblant de posséder des armes et de tuer ou le laisser agir comme bon lui semblait ? Inculquer des valeurs de paix ou laisser le mâle parler ? C'est difficile, parfois, d'élever un garçon.

À un moment, il a voulu creuser plus profond. Sa pelle en plastique rouge a heurté quelque chose de métallique, enfoui sous la terre. Il m'a appelée. Il avait entendu parler des obus qui étaient restés enterrés depuis la Seconde Guerre mondiale et il s'est dit qu'il avait besoin d'aide. Ensemble, nous avons extrait le petit cendrier en métal doré. Nous l'avons lavé. Nous l'avons fait reluire. Il me demandait souvent d'imaginer à qui il pouvait bien appartenir.

J'ai inventé des sultans arabiques combattant Charles Martel. Des femmes de soldat pendant la Grande Guerre. Des savants barbus du début du siècle. Des bâtisseurs de train au XIXe siècle. Des hordes farouches de Huns qui se déversaient sur la région.

Nous avons refait l'histoire.

Sous mes doigts, je suis toutes les lignes.

Je ne sais pas exactement comment Antoine s'est retrouvé en possession du cendrier – mais c'est un signe – même pour ceux qui, comme moi, ne croient pas aux signes.

Je suis arrivée au bout de l'histoire – et je veux qu'Antoine me tienne la main – il sera l'unique dépositaire. Le témoin. Mon fils inique.

Voilà. Je vais mieux à présent. Je vais me lever, retourner lentement, mètre après mètre, à mon minuscule appartement de plain-pied – là, je vais exposer le cendrier à sa juste place – et je vais attendre Antoine.

Demain ou après-demain, c'est lui qui visitera mon stand.

Le stylo plume noir à fines dorures

Mathilde – peut-être toi, oui, parce que tu es moi et que tu n'es pas moi – parce que nous ne sommes pas du même sang mais que nous avons été si proches – que nous le sommes encore.

Je t'en prie – délivre-moi – prends-le.

Il est presque onze heures du soir mais je n'arrive pas à dormir. Le stylo plume est sur mon bureau, j'ai l'impression qu'il est phosphorescent et il me fait peur. Je ne sais pas pourquoi, il me rappelle des histoires de sorcellerie et de donjons, des esprits frappeurs enfermés dans des chambres obscures. Je ne parviens pas à en détacher mon regard. Je ne l'ai pas pris parce qu'il me plaisait. Je l'ai pris parce que j'ai vu les yeux de papa quand je l'avais dans les mains. J'ai deviné qu'il voulait me l'offrir. Et, en ce moment, je veux faire plaisir à mon père. Je me doute qu'il souffre, avec le divorce et la maison vide. J'en ai déjà parlé à maman – elle dit que c'est un moment difficile à passer, après, la voie est libre et tout s'éclaire. Mais elle a beau jeu de dire ça, elle, elle a ses enfants auprès d'elle et un mec plutôt mignon, ouvert et rigolo – celui qui va devenir mon beau-père.

Elle gagne au change, il n'y a pas de doute. Papa est du genre renfermé, même si maman dit qu'il n'a pas toujours été comme ça – et puis il est tellement soupe au lait. Il se met en colère pour un rien, et ça monte, ça monte, impossible de le faire redescendre et ça finit toujours par des mots blessants. Je ne suis pas sûre qu'il se rende compte à quel point ses mots peuvent faire mal. Il n'a jamais vu mon frère, la nuit, en train de chialer sous les draps, rien qu'à cause de ce qu'il lui avait dit. Je crois qu'il n'a pas calculé non plus que, de s'en prendre comme ça à Léo, ça ne pouvait que détacher maman de lui. Je ne comprends pas ce qu'il y a entre le père et le fils, mais souvent, ça devient insupportable. Il devrait peut-être consulter, Antoine. Ça me fait drôle d'appeler mon père Antoine, mais ça me paraît juste, maintenant. Après tout, j'appelle mon beau-père par son prénom – Christophe.

La justice, c'est important. Les plateaux de la balance. J'aime bien cette idée d'équilibre. C'est très loin des valeurs d'Antoine, apparemment. Parce que le cadeau, justement, je ne trouve pas ça juste. À moi, ce stylo plume qui, je le vois bien, a une vraie valeur, et à Léo, rien, ou presque. Un billet de cinq euros pour s'acheter ce qu'il veut sur les autres stands. C'est humiliant. Et surtout, c'est une telle erreur. Le doigt dans l'œil jusqu'au coude. Je n'en reviens pas à quel point Antoine peut être sourd et aveugle – mais il faut dire que Léo ne l'aide pas. Il a appris à cacher. Nous en avons parlé plusieurs fois – il est aussi têtu que papa, il ne changera pas d'avis. Il préfère ne pas lui parler. Il allait même jusqu'à planquer l'agenda sur lequel il écrivait ce qui s'était passé dans la journée dans une sorte de trappe secrète sous son lit, quand on habitait encore à la maison.

Deux ans qu'il remplit son agenda, mon frère. Et il n'a que huit ans. Dès qu'il a su écrire un peu, des lettres maladroites, en attaché, il a pris un carnet et il a voulu mettre sur le papier ce qui l'avait marqué dans la journée. Il n'arrêtait pas de m'interrompre quand je faisais mes devoirs, pour me demander comment ça s'écrivait tel ou tel mot, ou comment on disait exactement quand on se sentait de telle ou telle façon. Souvent, nous avons fini plongés dans le dictionnaire. Au début, je l'envoyais chier. Parce que c'est chiant, un petit frère. Mais petit à petit, j'ai compris que c'était important pour lui. Et puis, je ne sais pas, ça me touchait. Ça me touche toujours – plus le temps passe, plus je m'attache à lui. Je le protège. Je me dis qu'un jour il n'aura plus besoin de mon aide et il ira noircir des pages tout seul, il inventera des romans, si ça se trouve. Je serai sa première lectrice. Mais moi, je n'écrirai rien. Je ne crois pas en tout cas. Ça ne me dit rien. J'aime bien lire les histoires des autres, je m'évade, je deviens l'héroïne, j'enquête dans les manoirs hantés ou je sauve le pauvre gamin suspendu à la falaise – mais quand il faut rédiger des textes libres, à l'école, je ne sais jamais quoi raconter. Ça fait comme un blanc dans ma tête. Je vois les mots qui volent et qui se déroulent, mais ils ne se rencontrent jamais et je reste là, le menton dans la main, allongée dans l'herbe, à les regarder et à trouver que c'est beau.

Léo, c'est différent. Lire, ce n'est pas très important pour lui. Il aime bien jouer aux jeux vidéo, regarder des DVD, taper dans un ballon et puis d'un seul coup, il rentre à toute vitesse et il ferme la porte de sa chambre. Les premières fois, je croyais qu'il s'était disputé avec ses copains ou qu'il se tripotait, mais non. Il court jusqu'à son bureau et puis il écrit des lignes. Il écrit tellement de lignes qu'il va de plus en plus vite et qu'il trace ses lettres avec de plus en plus de netteté. Il m'a donné le droit de le lire, son agenda. Et ce qu'il raconte me dérange, parfois. Quand il parle de papa, il a des mots qui sonnent bizarres pour un enfant de son âge. Ce qui est étrange, c'est l'écriture en attaché et toutes ces idées qui ne collent pas avec. J'ai peur qu'il ne grandisse un peu trop vite, mon frère. Mais lire, ça ne lui vient pas systématiquement à l'idée. C'est curieux, parce que moi je croyais que ça allait ensemble, lire et écrire. Léo, de temps en temps, il prend un magazine sur les animaux ou une BD, même un petit livre, histoire d'avoir la paix avec les parents, mais c'est tout. Il dit que ça l'énerve, tous ces bouquins qui ne parlent pas de lui et après il rougit parce que je le traite d'égoïste.

Nous nous disputons de moins en moins souvent. Il sait quand il faut me laisser tranquille et quand je suis disponible. Il sait avec quelle copine il peut venir me déranger et avec quelle autre je ne veux pas le voir. Il observe beaucoup. Et finalement, il comprend beaucoup de choses. Par exemple, la première fois qu'il a vu Matthieu, il a su que c'était mon genre de mec et ça ne l'a pas étonné que je sorte avec lui le mois dernier. Je n'ai pas eu besoin de lui faire jurer croix de bois croix de fer de ne rien répéter aux parents, parce qu'il ne leur dit jamais rien, de toute façon.

Ni à mon père ni à ma mère. Maman dit souvent que Léo, c'est un mur – et que d'ici pas tard, ça va poser des problèmes. Christophe, notre nouveau beau-père, est beaucoup plus cool. Il prétend que c'est un passage et que dans quelques mois, une année ou deux tout au plus, il se sentira mieux dans sa peau, il faut le comprendre, il y a la séparation, une nouvelle maison, il a perdu ses marques. J'ai envie de lui dire, à Christophe, que ce n'est pas dans ce sens-là que ça marche – ses marques, il est plutôt en train de les retrouver – mais ça lui fait quand même mal de laisser son père en rade.

Moi aussi. Évidemment. La fifille chérie à papa. C'est un rôle que je déteste ; j'ai tenté de le lui faire comprendre mais quand même, c'est une place confortable. Et puis ce n'est pas le problème. Le problème, c'est que je l'aime bien, mon père. Enfin, comme un père quoi. C'est difficile à expliquer. En même temps, il m'énerve et en même temps j'ai l'habitude de vivre avec lui et avec sa présence. Je me dis que s'il y a un coup dur, il sera toujours là – mais maintenant, je ne sais plus trop, je suis un peu perdue, entre Christophe et lui.

Parfois, j'ai l'impression de ne plus être la fille de personne.

Maman dit que le temps est le remède à tout, que ça va passer – c'est comme une rage de dents, je lui réponds que ce n'est peut-être pas la meilleure comparaison en ce moment – et ça la fait rire. Ce qui est bien avec ma mère, depuis qu'elle est avec Christophe, c'est qu'elle recommence à rire. N'empêche. Je vois bien, parfois, le soir, au moment de nous coucher, il y a comme un vide dans ses yeux, je sais qu'elle pense à papa et peut-être même à la vie avant papa. Elle m'a confié une fois qu'elle n'aurait jamais imaginé un jour en arriver là. J'ai demandé « là, où ? », elle n'a rien répondu. Elle m'a juste caressé les cheveux. Elle n'est pas évidente non plus, ma mère. Je lui souhaite bon courage, à Christophe.

Je me suis relevée. Ce n'est pas la peine, je n'arriverai pas à dormir. Je crois qu'il ne faut pas que je le garde, ce stylo plume. Il ne m'appartient pas, même s'il m'a été donné. Le truc, c'est que je ne peux pas le jeter, tout de même. Ce que je devrais faire, c'est l'offrir à quelqu'un d'autre. C'est ça. Il sera en de meilleures mains, parce que moi, je ne saurai pas m'en servir et puis il va me faire cauchemarder. En plus, je ne me sers pratiquement plus que de l'ordinateur, à part en classe, et en classe, je prends des stylos bille et des crayons à pointe fine.

Léo.

Je vais le donner à Léo, bien sûr. Lui, il l'utilisera. Il sait d'où il vient. Il va griffonner des mots sur les pages de son agenda, il va tracer ses boucles et ses majuscules en attaché, toutes ces lettres qu'on ne voit jamais ailleurs que dans les cahiers de primaire. Il va s'en servir pour raconter son histoire. Je serai dedans, sûrement, à l'arrière-plan, et puis aussi dans l'objet. Dans ses fines dorures. Lui, il sera le noir. À nous deux, nous allons faire un magnifique stylo plume. Et de jolies phrases.

Voilà – je vais aller le réveiller – et après, je pourrai enfin dormir.

UN DÉBUT

Nous sommes assis dans la nuit de juin, elle et moi. Nous parlons à peine. Nous avons tant et tant discuté. Elle remarque seulement qu'il est vingt-trois heures et cinquante-cinq minutes. Je calcule mentalement le nombre de secondes à égrener – trois cents – avant de passer de l'autre côté de la semaine. Lundi, lever six heures quarante, douche, petit déjeuner rapide, voiture, premier cours à huit heures, des secondes qui n'auront pas envie de travailler et qui ponctueront leurs soupirs de « mais monsieur, c'est presque les vacances », ensuite une heure de trou parce que les terminales préparent leur bac, puis une nouvelle heure de secondes, deuxième langue, cette fois, ils ne sortiront même pas leurs affaires. Une réunion pour les crédits d'enseignement de l'année prochaine. Cantine. Encore une heure et la sortie. Le lundi est une journée tranquille.

Je me souviendrai du premier dimanche de juin.

Lorsque je suis rentré à la maison tout à l'heure, je pensais que j'irais directement me coucher. Il était vingt-deux heures. J'avais invité Fabrice au restaurant italien. Il m'avait rejoint sur le stand à dix-huit heures, il était nerveux, il ne tenait pas en place. Je n'ai pas voulu le questionner. Il me parlerait s'il avait envie de le faire. Nous commencions à remballer les affaires quand la jeune fille des boucles d'oreilles est revenue, affublée de sa mère. Elles aussi semblaient toutes remontées. De vraies piles électriques. La mère retournait les invendus sans même y prêter attention. La fille n'arrêtait pas de poser des questions, souvent indiscrètes. Où j'habitais, ce que je faisais comme métier, si je m'étais inscrit à d'autres vide-greniers. À un moment, je les ai fixées et je leur ai demandé à quoi ça rimait, cet interrogatoire. La mère a rougi. J'ai compris. Je l'ai détaillée. Elle pourrait me plaire. Je pourrais lui convenir. J'ai arraché une page du carnet rouge qui se trouvait à ma portée et j'ai inscrit mon numéro de téléphone. Elle a murmuré un merci et puis elle est partie d'un pas rapide vers l'autre bout de la rue. Le regard de la fille a croisé le mien. Dedans, il y avait de l'incrédulité, de l'espoir aussi. Fabrice m'a adressé un sifflement admiratif. Il n'en revenait pas.

Je sais qu'elle mettra quelques jours avant de m'appeler. Quand enfin elle osera, une voix féminine lui indiquera qu'il n'y a pas d'abonné au numéro qu'elle a composé. Elle me traitera de tous les noms, mais elle ne pourra pas prendre sa revanche – je serai déjà loin.

Ou peut-être pas.

Dans le jardin, assis sur ma chaise, je devine le visage de la femme à mes côtés. Elle a fermé les yeux. Elle se laisse bercer par les rumeurs de la ville, au loin.

Je pensais devenir un oiseau.

Je pensais remplir des dossiers qui m'enverraient à l'autre bout du monde.

Je pensais que l'année prochaine, au matin du premier dimanche de juin, je sourirais en imaginant la rue de la Cité, l'Hospice Deus, les stands et ces acheteurs qui reviennent, curieux, en se demandant si le vendeur de l'année dernière sera là à nouveau.

J'entendais même le bruit du ressac et les cris sur la plage.

Je les ai rêvés jusqu'à la nuit tombée.

Lorsque les cloches de la cathédrale ont sonné dix-neuf heures, j'ai fait signe à Fabrice. J'ai bousculé le vieux monsieur qui hésitait depuis un quart d'heure à acheter l'essoreuse rouge à dix centimes et lorsque j'ai fait mine de la ranger, il a sorti un billet de cinq euros et m'a demandé si j'avais la monnaie. Je lui ai fourré l'essoreuse dans les bras sans mot dire et je n'ai pas pris son billet. Il est reparti tout heureux. On venait de lui faire un cadeau. La silhouette de monsieur Leaumes m'est fugitivement passée devant les yeux. Je l'ai saluée.

Nous avons tout replié en vingt minutes. J'ai proposé à Fabrice de l'inviter à dîner, il a failli répondre non, une crispation des maxillaires et un léger froncement de sourcils et puis il s'est ravisé. Il a répondu oui, bien sûr, avec plaisir. Il a simplement demandé si une amie pouvait se joindre à nous. J'ai éclaté de rire. J'ai accepté.

Nous nous sommes installés tous les trois dans la pizzeria, à la table sous l'escalier. Un coin intime qui nous a intimidés. Fabrice n'osait pas regarder sa nouvelle conquête qui se prénomme Lou. Il commençait des phrases et ne parvenait pas à les terminer. Nous en avons ri. J'ai voulu connaître les détails de leur rencontre. Lou a voulu des détails sur le lien qui m'unissait à Fabrice. Ce fut une bonne soirée. En sortant, j'ai demandé à Fabrice si cela ne l'ennuyait pas trop d'entreposer les objets qui n'avaient pas trouvé d'acquéreur dans son garage ou dans sa cave, il a répondu que non, bien sûr, mais il ne fallait pas que je les y laisse trop longtemps, car il allait peut-être déménager bientôt. J'ai refusé qu'ils me raccompagnent. Nous avions bu une bouteille et demie de vin, je ne voulais pas qu'ils prennent la voiture.

J'aurais dû me sentir vide et pourtant j'étais à bloc. Une énergie confuse qui s'ancrait dans mes cuisses et descendait le long des jambes pour venir s'épanouir sur la plante des pieds. Je voulais marcher, je me suis mis à courir. Arrivé sur le pont du chemin de fer, j'ai cru que j'allais m'envoler. Je ne me suis calmé que lorsque j'ai tourné dans la rue qui est encore la mienne pour quelques jours. Je me suis assis sur le muret à côté de la poste pour reprendre mon souffle. Le corps fatiguait mais le cerveau continuait à dévider les écheveaux. Il lançait des adieux et se perdait dans les airs. Il avait gagné de l'altitude. J'ai adressé des messages muets à tout ce lest que j'avais jeté par-dessus bord au cours de la journée, à tous ces sacs qui s'étaient détachés de la nacelle et avaient permis à ma montgolfière de prendre son envol. Tous ces noms. Tous ces visages. Leaumes, Gilles, Lucille, Marianne, Antonia, Isabelle, Annick, Chalavel, Anne, Mathilde et Léo – mes témoins emprisonnés dans les laines et les métaux qui s'échappent et me libèrent. Je suis enivré par vos disparitions, votre force qui s'éteint vient rejoindre la mienne, nos flammes s'élèvent, je vois mieux la géographie de mes terres.

Je me suis vu dans l'aéroport avec le sac à dos bleu – un égaré du voyage.

Je me suis imaginé dans une ville étrangère – des sonorités inconnues m'entouraient, mon incompréhension me ravissait.

Je me suis figuré sur un pont, le fleuve en contrebas était large, il charriait des ordures, et parfois même des corps.

J'ai mis du temps à réintégrer l'épiderme.

Il faisait si bon que de nombreuses fenêtres étaient ouvertes. En descendant la rue, je pouvais apercevoir les décors intimes de certains de mes voisins, les bibelots qui hantaient leurs existences. J'ai eu un coup au cœur en apercevant chez la vieille dame qui habite à deux maisons de la mienne le cendrier en métal doré, bien en évidence sur le buffet du salon. L'image de Chalavel sur le fauteuil est venue me troubler. Je me suis incliné et je lui ai adressé mes sentiments les meilleurs – et les moins respectueux.

Je me suis promis de ne pas devenir une de ces silhouettes malingres qui collectionnent les objets comme des reliques, les vêtements comme des suaires et les lettres comme des images pieuses. Je souhaitais me fabriquer une nouvelle mémoire, jeter l'ancienne par-dessus bord. Tout au long de la journée, j'avais fait miroiter une dernière fois toutes les émeraudes et tous les rubis – le reste m'importait peu.

Le vin me rend sentencieux. Lyrique. Vaguement ridicule.

Et surtout si loin du compte. Un François Lisieux en petite forme. Mon été aux antipodes.

Lorsque j'ai tourné la clef dans la serrure, l'horloge de la cuisine indiquait vingt-deux heures pile. Je ne sais pas pourquoi mon cerveau enregistre parfois des détails insignifiants et les met à l'abri, au chaud, jusqu'au moment où ils s'évadent, électrons libres, et font sauter les parois dans le crâne. Comme ce morceau d'enveloppe. Je n'y ai pas prêté attention tout à l'heure. Mais là, je jette un coup d'œil à la pile des factures en attente – et je le revois qui dépasse un peu des pages du roman de Lisieux. Il y avait une enveloppe dans le livre blanc à bande bleue. Une enveloppe jaunie. Une lettre du passé antérieur. Il faudra que je demande à Fabrice. Il n'a pas pu ne pas la remarquer. C'est rare que je garde les lettres. D'habitude, elles traînent un moment sur le buffet de la cuisine, glissent négligemment vers la corbeille à ovnis du quotidien avant de finir, les jours de grand ménage, dans les sacs en plastique vert des ordures. Des mots pour rien. Des lignes oubliées.

Je pensais au morceau d'enveloppe quand le téléphone a sonné. Je ne sais pas pourquoi j'ai cru que c'était Annick. C'est idiot. Annick ne m'a jamais appelé, je n'ai eu aucune nouvelle depuis notre séparation. Ce n'était pas Annick. C'était Léo.

C'était la première fois que Léo me téléphonait de sa propre initiative.

Il parlait bas. Sa sœur était dans sa chambre, elle révisait ses cours du lendemain, sa mère regardait *Urgences* à la télévision et le dentiste commentait. Léo n'avait pas envie de rester avec eux, il me téléphonait de son portable, dans sa chambre, dans le noir. Je lui ai demandé pourquoi il avait éteint la lumière et il a ri. Il a répondu qu'il ne savait pas exactement – peut-être parce que ça lui faisait un peu peur de me téléphoner comme ça, sans raison. Il a ajouté qu'il voyait les réverbères de la rue qui se reflétaient sur les vitres, c'était beau. Je me suis mis à raconter les soirées que je passais sur le toit, chez mes parents. Le toit de l'immeuble était plat et nous nous retrouvions souvent, la bande des bâtiments et moi, vers vingt heures, vingt heures trente. Les adultes croyaient que nous étions chez l'un ou chez l'autre. Nous n'étions nulle part. Nous étions assis, silencieux, nous surplombions le quartier, nous regardions le centre-ville au loin – et les phares qui passaient sur l'avenue du Général-Leclerc. Parfois, nous parlions, mais à voix basse, nous ne voulions pas être repérés, c'était notre planque.

Ma planque.

Léo s'est raclé la gorge et il a dit que lui, sa planque, c'était sa chambre. J'ai soupiré, j'ai répliqué que rester dans sa chambre, c'était comme un emprisonnement alors qu'il fallait ouvrir aussi, rencontrer les autres, se faire des amis, échanger, toucher. Il y a eu un silence et puis la voix de Léo, posée, étrangement douce, « c'est ce que je suis en train de faire, papa ».

D'abord, le nom. Papa. J'ai eu l'impression de ne pas l'avoir entendu depuis des siècles. Immédiatement, des papillons dans le ventre, des raidissements dans la nuque, une boule dans le plexus. Quand ils étaient plus petits, je ne me lassais pas de les entendre m'apostropher ainsi, papa, viens m'aider, papa, j'y arrive pas, papa, il m'embête, papa, je veux regarder autre chose. Et puis, progressivement, il y a eu un glissement. Mathilde a gardé le papa. Léo est passé au prénom. Il m'appelle Antoine. Je ne veux pas être Antoine. Je veux être papa.

Je bredouille « c'est bien, c'est bien, pardon » et je ne me rappelle même pas ce que je souhaite me faire pardonner. Léo s'inquiète « tu es sûr que ça va ? » et les rôles s'inversent, je me mets à parler – moyen, en fait, Léo, tu sais, j'ai pensé à beaucoup de choses cet après-midi, ça n'a l'air de rien, un vide-greniers, mais toutes ces affaires que tu vends, ce sont des morceaux de ta vie, alors d'un côté tu es content de t'en débarrasser et de l'autre, c'est comme, je ne sais pas, comme quand on t'arrache une dent, tiens. Léo rit et répond « s'il te plaît papa, ne parle pas de dents, les dents, j'en ai plein le dos ».

Un moment de silence.

Un de ces moments de silence rares, confortables, agréables, le temps de se recaler dans un canapé, la tête contre le coussin, oublier les fatigues de la journée et sentir la présence de l'autre, un confident, une écoute.

« Léo – tu me manques. »

Les mots sont sortis, ils sont entrés dans la ligne téléphonique, ont traversé des rues et des jardins avant de se loger dans l'oreille de mon fils. Je l'ai entendu avaler sa salive et puis se forcer à sourire. Il m'a demandé s'il pouvait venir dormir à la maison demain. Il sait qu'il n'y a plus beaucoup de meubles mais il emmènera son sac de couchage, ce sera un peu comme une expédition, un bivouac, on avait failli le faire, tu te souviens, aux Houches, mais finalement, il avait plu et on était rentrés à l'hôtel.

La mémoire de Léo. Son sens du détail. J'espère qu'il ne le perdra jamais. Notre vie est faite de détails. Une mosaïque d'azulejos dans la lumière.

Nous avons pris rendez-vous, comme deux hommes affairés. Demain, je passe le prendre à dix-sept heures trente à l'école, ce n'est pas la peine que je rentre dans la cour, il préfère que je l'attende dans la voiture. Sa mère sera prévenue et si elle oppose un veto, alors, il la torturera jusqu'à ce qu'elle me téléphone. Je ne m'inquiète pas. Elle sera aussi surprise que moi – mais elle ne pourra qu'accepter. Elle attend ce moment depuis longtemps.

Je suis resté quelques minutes le combiné dans la main dans la demi-pénombre. Le salon était éclairé, le couloir sombre. Je me situe là, sur cette ligne infime, je n'aime pas prendre la lumière mais je ne veux pas non plus totalement rester dans le noir.

J'ai senti les choses bouger. Des rouages qui se mettent en branle, petit à petit, et les phrases qui passent à la moulinette entre les mâchoires des engrenages. Je ne suis pas un oiseau. L'escapade n'est pas une solution. La fuite est adolescente – affronte, fais face et souris. C'est ta vie. Elle est ce que tu en as fait. Tu l'as étalée sur la table dans la rue de la Cité, désormais c'est à son tour de t'exhiber et de montrer ta lâcheté et ta démission. Léo veut venir dormir demain. Léo veut parler. Léo a besoin de toi. Maintenant, choisis.

J'ai appuyé sur l'interrupteur de la cuisine – l'ampoule à nu – une lumière aveuglante. La femme a eu un petit cri et elle a sursauté. Elle était dans le jardin, son visage et ses mains collés à la fenêtre de la pièce – elle cherchait à savoir s'il y avait quelqu'un à l'intérieur.

J'ai cru qu'elle venait me demander de reprendre le cendrier – j'anticipais son laïus, « en fait, j'ai réfléchi à ce que vous m'avez dit, vous avez raison, je ne vais pas me remettre à fumer à mon âge, ce serait idiot... ». Elle attendrait quelques secondes, comme ça, en suspension, que je la fasse entrer ou que la conversation rebondisse. Les vieux, ils feraient n'importe quoi pour rompre leur solitude.

J'ai ouvert la porte de la cuisine. Dehors, l'air était toujours aussi doux. Elle a mis sa main sur mon bras et elle m'a regardé longtemps. Je me suis dit qu'elle était folle et que, désormais, elle viendrait me voir tous les jours, cette rencontre sur le vide-greniers lui avait donné envie de me connaître davantage, j'allais devenir son dévidoir, sa bassine à bile, son crachoir.

Elle a murmuré quelque chose que je n'ai pas compris.

Ou plutôt si.

J'ai compris les mots mais mis bout à bout, ils ne faisaient pas sens. Ils ne pouvaient pas faire sens. Ils se sont glissés sous la chair et ont rapidement creusé des canaux, ils sont remontés jusqu'au cerveau et là, ils ont attaqué.

« Je suis la mère de Nicolas Chalavel. »

Un uppercut au foie. Je me suis cassé en deux. Je cherchais l'air. Je suis sorti. J'ai été obligé de m'asseoir sur une de ces chaises en plastique blanc que nous avons achetées, Anne et moi, lorsque nous avons emménagé ici, nous les trouvions laides mais bon, c'était temporaire, dès que nous retrouverions un peu de calme et de liquidités, nous changerions le mobilier. Elles sont toujours là. Moi aussi. Moi seul. Devant cette vieille femme qui prétend incarner un fantôme et prendre une place dans la vie que je m'apprêtais à quitter.

La mère de Nicolas Chalavel.

Une image de lui. Il rit à gorge déployée. C'est le début de la soirée. Il a rejeté la tête en arrière. Il parle de ses parents, de la bourgeoisie coincée de Normandie, des dimanches de pluie où les autres notables sont invités à déjeuner, de la crainte d'être volé ou trahi. Sa mère, raide comme un piquet, les bras croisés en train de le regarder faire le pitre, elle se contente de sourire, un bon sourire, toute la condescendance et l'amertume dans le pli des lèvres. Plus tard, elle lui ferait des remontrances. Devant les gens, on ne se conduit pas comme ça. Devant les gens, on se contient. Devant les gens, on se retient.

Mais il rit, il rejette la tête en arrière et il montre l'appartement d'un geste ample, il lance à la cantonade « joli résultat ! ».

Elle n'est plus droite – c'est une ligne brisée, légèrement penchée en avant, elle me passe la main dans le dos, elle répète qu'elle ne vient pas faire d'histoires, elle ne vient pas remuer la boue, elle veut seulement savoir et aussi comprendre.

Je voudrais avoir la force de la frapper avec une pelle, faire taire sa voix douce et sucrée, à peine tendue. Je l'enterrerais dans le jardin – profondément. Ou non. Mieux. Je la porterais dans le coffre de ma voiture et je la ferais brûler dans la campagne environnante. Rejoins tes cendres. Dégage.

Je voudrais avoir un geste violent, qu'elle cesse de me toucher – mais je suis presque paralysé. J'ai froid. Je le lui dis. Elle entre dans la maison, traverse la cuisine, cherche des doigts l'interrupteur du couloir, trouve la patère et ressort avec un gilet marron, celui que j'utilise lorsque je bricole ou que j'aide aux déménagements. Elle a pénétré dans la maison – elle est entrée dans ma vie.

Je ne pourrai plus nier son existence.

Je ne lui ai pas demandé ce qu'elle voulait savoir. Je me suis simplement mis à raconter. J'ai regretté un instant d'avoir confié à Mathilde le stylo plume à fines dorures, parce que les mots qui s'échappaient de mes lèvres auraient pu être couchés sur le papier – mais c'est mieux comme ça, ils se sont dilués dans la soirée de juin, il n'y a qu'elle et moi pour les avoir entendus, le son des syllabes dans la cour, la sécheresse des phrases, l'humidité des points d'interrogation.

J'ai commencé par le stylo – je voulais parler de Mathilde – je voulais qu'elle sache ce que représente sa petite-fille pour moi. J'ai retrouvé ses mots d'enfant, ses jouets en plastique, ses premières peurs. J'ai parlé de son visage qui s'affine de plus en plus et découvre un portrait craché qui n'est pas le mien.

J'ai continué par le cendrier – remonter la chronologie, rien ne pouvait m'arrêter – le vin, le nouveau couple de Fabrice, le coup de téléphone de Léo, sa visite impromptue et ses mots qui résonnent, « je suis la mère de Nicolas Chalavel ». J'ai évoqué la soirée de la rencontre, l'adieu silencieux à son fils, la position de son corps dans le fauteuil. Elle s'est raidie un peu, mais elle m'a laissé continuer. Le fil s'est dévidé. Je voulais trouver un lien logique. Je voulais trouver les causes – une organisation de ma vie – un sens. Je suis remonté au hamac, le choc de la rencontre avec Antonia – et puis du hamac j'ai enchaîné sur la couverture, sur le livre blanc à bande bleue et sa curieuse enveloppe, et sur les boucles d'oreilles. J'ai parlé presque une heure.

Elle a hoché la tête et débuté son histoire au milieu d'une phrase. Le sujet et le verbe étaient restés dans un coin de sa mémoire, refusant de franchir le barrage des lèvres. Elle a commencé par « ... sur la route en venant chez nous ». Elle a remonté peu à peu, lentement, elle aussi. Elle a peu parlé des années suivant le décès de Nicolas. Elle a seulement évoqué la recherche des preuves de l'existence de son fils, à Paris puis ici. Et cette émotion qui l'avait clouée lorsqu'elle avait rencontré Mathilde pour la première fois. Elle avait été forcée de s'appuyer au mur et un homme avait traversé pour la secourir – elle allait tomber. Il l'avait conduite à la pharmacie. Tout le monde avait été très gentil. Personne ne pouvait imaginer ce qu'elle venait de vivre.

Cet après-midi, enfin.

Elle savait que j'exposais au vide-greniers. Elle m'avait entendu en parler avec Fabrice, quelques jours auparavant. Elle avait décidé de m'envoyer une longue lettre accompagnée de trois carnets de moleskine noire sur lesquels elle couche nos moindres faits et gestes, depuis quelque temps. Et puis elle m'a aperçu, ce dimanche, et elle a décidé qu'elle entamerait la conversation aujourd'hui. Avant l'arrivée de la missive. Avant l'explication. Elle avait cherché les sujets à aborder, les mots de liaison à employer, comment passer du général au personnel, une vraie dissertation. La vie l'a prise de court. Elle a vu le cendrier et alors, plus rien n'a eu d'importance. Elle me tutoie, tout à coup. Elle me dit « imagine, essaye d'imaginer, Mathilde ou Léo, disparus et d'un seul coup, un signe de leur vie » et elle se passe une main sur le front.

Je ne peux pas imaginer – je m'y refuse.

Tandis qu'elle raconte la perte et le vide, je sens les images de paradis tropicaux se corner et les pistes d'atterrissage lentement s'effacer de mes sols. La montgolfière redescend doucement. Elle traverse des cirrus, des cumulo-nimbus, et enfin des cumulus. Je vois Mathilde en train de réciter les différentes strates de nuages et Léo qui la regarde en fronçant les sourcils, il ne comprend rien.

J'ai jeté du lest, j'ai pris de la hauteur et je peux observer avec plus de netteté les routes qui se tracent et celles qui m'entourent. Celles qui me sont liées. Celles que j'accompagnerai. Je n'ai pas envie d'une nouvelle existence. Je veux juste continuer la mienne. Réparer là où le bât blesse. Repriser les chaussettes. Bon an mal an – éponger et essorer les
ées passées et faire avec.

. Elle balaie sur son pantalon noir
ginaires et puis elle relève la tête et

me fait face. Un léger mouvement du menton. « Et toi, tu ne vas tout de même pas tout plaquer maintenant ? » J'en ai le souffle coupé. Tout ce que je peux répondre, c'est que je ne suis pas Nicolas. Ses yeux sont rivés dans les miens. Je m'entends parler. Je m'entends dire « je crois que je vais rester, en fait – voilà, c'est dit – je vais rester ».

Il n'y a plus rien à ajouter. Nous demeurons silencieux, face à face, dans le jardin sombre. Je lui fais remarquer qu'il est maintenant zéro heure une minute, nous sommes lundi. Et je me sens avide.

Oui, avide.

TABLE

Un minuscule inventaire

Cet ouvrage a été composé et imprimé par

FIRMIN DIDOT

GROUPE CPI

Mesnil-sur-l'Estrée

pour le compte des Éditions Robert Laffont
24, avenue Marceau, 75008 Paris
en juillet 2005

Imprimé en France
Dépôt légal : août 2005
N° d'édition : 45137/01 – N° d'impression : 73831